ENTREÁGUAS

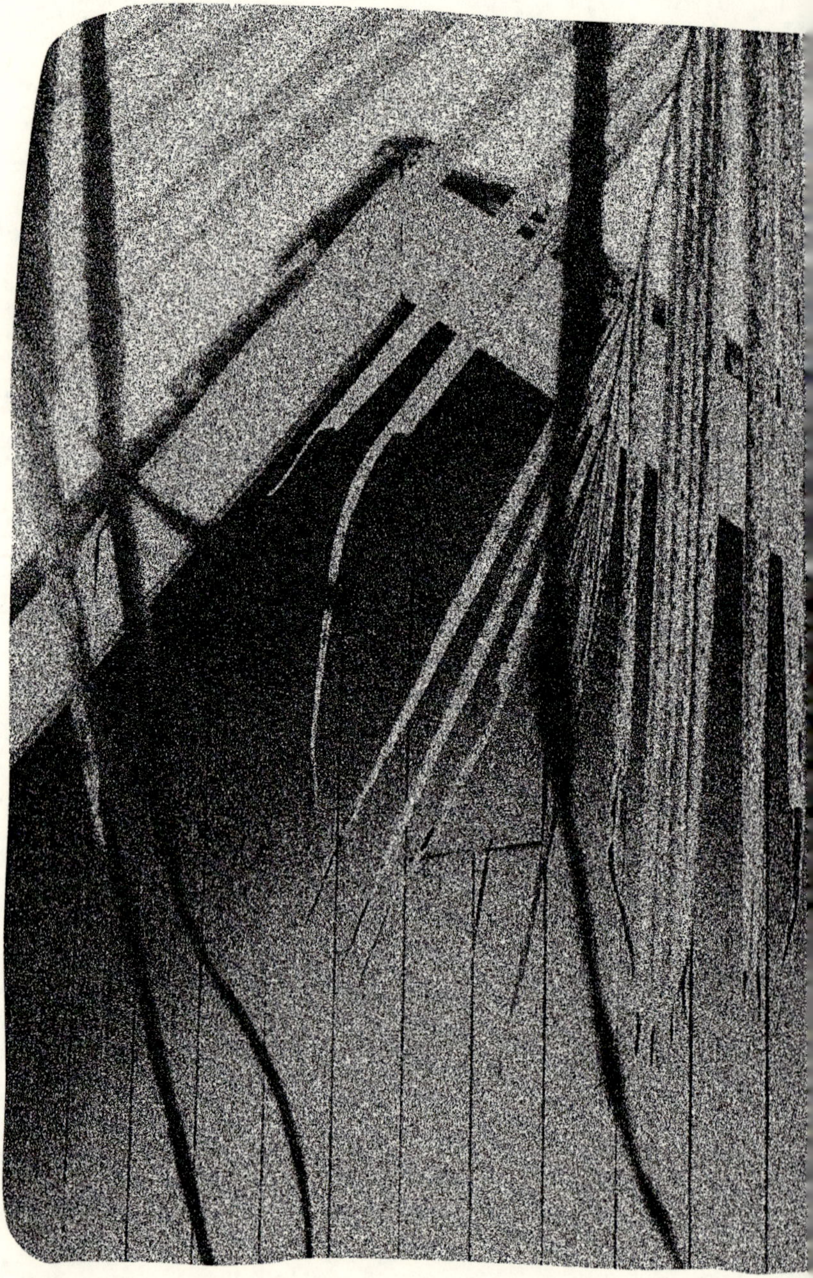

Marcelo Soriano

entreáguas

1ª edição, 2023 / São Paulo

LARANJA ● ORIGINAL

para elas, de novo, sempre

Their bearing, which was simply the bearing of commonplace individuals going about their business in the assurance of perfect safety, was offensive to me like the outrageous flauntings of folly in the face of a danger it is unable to comprehend.

A atitude deles, que não passava da atitude de pessoas comuns cuidando de seus interesses com a certeza de segurança plena, era tão ofensiva para mim quanto manifestações escandalosas de loucura diante de um perigo que se é incapaz de compreender.

Joseph Conrad, *Coração das Trevas*

depois de tudo, ainda

Contar os paralelepípedos nos quais pisava em sentido ao topo era um truque que aprendera na meninice, se ater ao caminho, não ao final, amenizava o desalento. Era sua terceira vez em Arame e, apesar de ter vivido tempo maior em São Paulo, foram marcantes seus dias sob este céu de agora; a primeira vez teve início dentro da barriga desmesurada de Carmo, prestes a parir, e durou até que ele adolescesse; a segunda, breve e desgraçada, nem tomou o dia de enterrar a mãe, levada precocemente pela febre dum-dum[1]; esta terceira era capítulo em aberto: deixou a mala na rodoviária e foi contar paralelepípedos na ladeira do Tejupo, único acesso à igreja de Santa Inês, ao mosteiro e aos dois cemitérios. Chegava novembro das chuvas, e o sol poente irradiava luz por trás da Pedra do Dedo, tingia o córrego dos Finados e corria nos açaizeiros até o cobreado

1 Febre dum-dum ou calazar (também conhecida como barriga d'água, úlcera de Bauru, leishmaniose visceral) se tratada indevidamente leva à morte.

banhar as paredes mal-ajambradas do centro. O campo--santo Dom Bosco, construído pelos Salesianos em 1927, local de repouso dos religiosos que se extinguiam naquele cafundó e dos fazendeiros que afagavam – ou afogavam – tais religiosos, ficava atrás da igreja de Santa Inês, abrigado na sombra das copas dos paraparás[2]. Embora de tamanho reduzido, era conhecido por cemitério Grande, uma vez que os defuntos repousavam em jazigos extravagantes; o outro cemitério, apesar de ocupar área maior e abrigar um número superior de defuntos, chamavam-no, por conta do despojamento das lápides, de Pequeno, criado a posteriori para os mortos excedentes ou os carentes de boa ventura. Acessava-se o Pequeno através do portão de ferro nos fundos do Grande. No topo da ladeira, não era mais o sol quem o perseguia, era o bafo. Camilo apoiou a mochila na pedra e tirou a camiseta, a pausa e a leve brisa que soprava da Pedra do Dedo serviram para resfriar o corpo, mas logo se recompôs para entrar no cemitério – carecia de certa distinção, sobretudo caso houvesse de ter com o vigário. E depressa, uma vez que na cola do bafo sempre andava o aguaceiro.

2 Ou *Jacaranda copaia,* são provavelmente os únicos de sua espécie que você irá ver em uma floresta tropical. Foi a primeira árvore que vislumbrei, talvez por carregar nome tão formoso quanto as flores-saias-lilases e os frutos-compridas-castanholas que, quando se abrem, enchem o ar de sementes diáfanas e rodopiantes – amam--se com as peludas e solitárias mamangavas, mas também se dão a insetos menores, besouros, borboletas e, se calhar, até pássaros –, espetáculo que infelizmente Camilo não irá ver, uma vez que chegou a Arame no final de outubro, e a florada costuma acontecer em agosto. Mas, por certo, irá usufruir da proteção da copa generosa.

Trazia o portão pesado na memória, o recorte no muro que levava ao Pequeno. Ali, junto a outras almas, na encosta traseira do morro virada para o córrego dos Finados, deixou a falecida mãe – na estada breve, há dezesseis anos – aguardando a queda das estrelas que anteciparia o juízo final. Não encontrou o portão gradeado com os dois laços de metal que imitavam fitas. Onde uma vez ferragens pesadas suportavam o portão, dentes arreganhados de tijolos recém-assados cravados no muro centenário e limoso assentados com capricho, de modo que o correr das estações faria crer que tal passagem jamais existiu. Esfregou os dedos no vão entre os tijolos, a argamassa farelenta agarrou no vão das unhas. A altura do muro tampouco era a mesma, ganhara um punhado de fieiras.

Na época do pomar, antes da expansão do cemitério e da necessidade de um portão, aos sábados, exceto os de festa na igreja, havia uma rotina de serviços pela manhã em que nenhuma cautela pairava sobre ele – a mãe e Yarim botavam ordem, e Frei Elídio oficiava a missa curta das sete e depois se recolhia –, Camilo era senhor de seu tempo. Arrastou a pedra até a borda do muro e em um pulo com os braços erguidos, segurando a beirada enquanto esparramava as pontas dos pés descalços nas frestas dos tijolos, foi capaz de se erguer e se arremessar onde as ramas das árvores plantadas juntas se trançavam dando a impressão de que um único pé gerava frutos de tamanhos, cores e terras diferentes. O sumo da fruta vazou na memória sapecando a camiseta de amarelo-carambola, e de rosa-goiaba, laranja-pitanga e, à sombra da grumixama, chupando a polpa branca e suculenta da frutinha roxa e arremessando as cascas no formigueiro, deixou seus lamentos; até perceber que, devido à inclinação do terreno, a altura do salto pela parte externa seria maior que pela interna e não havia pedra que pudesse arrastar. Restou contornar o mosteiro e tentar a entrada dos noviços. Trancada. Teve de apelar à da frente onde, uma vez visto, foi levado direto ao embate unilateral com a vara de marmelo de Frei Elídio. Caçando frutas na infância não lhe ocorreu que o bloqueio recém-colocado no lugar do portão de laçarotes significasse mais do que retornar e contornar o muro. Curiando entre os jazigos o nome das famílias dos residentes, reparou em um polido e portentoso com ares de novidade, mármore preto encimado pelo manhoso de chapéu e trabuco – um similar ordinário do repulsivo Borba Gato de Santo Amaro da janela do ônibus a caminho da metalúrgica. Bezerra, dizia a placa de bronze na tumba com três descerrados. Não fazia ideia de quem eram. Um vulto passou adiante. Juiz, Juiz, chamou. O vulto seguiu morro abaixo, nem se virou, coxo igual ao Juiz. Mordida de jacaré, adorava contar, lutei a volta toda do relógio, em cima d'água; embaixo, na borda, enroscado nas raízes. O bicho levou a pior, porque arrocho que nem cobra e vazo que nem rio, gabava-se, perdi só esse naquinho, e mostrava a depressão na panturrilha. Se era verdade, ninguém sabia, gostavam da história. Camilo acelerou o passo para acabar na ladeira vazia. O Juiz havia desaparecido, ficaria para depois, primeiro a mãe do lado de lá, no cemitério Pequeno do descanso dela. Contornou o muro para dar com a passagem igualmente bloqueada, desta vez não por tijolos e sim por tapumes; no meio, uma porta fechada a cadeado e o anúncio: *Village Arroio das Garças – Lazer Completo – Lotes a partir de 600 m² – Últimas unidades disponíveis – Construtora Privilège*. Que merda era essa? Que porra. Que cacete. Marretou em vão o cadeado com uma pedra. Socou, jogou a pedra na porta, chutou, deu uma voadora, e outra, mais uma e tantas até o madeirite do tapume romper no orifício de passar a corrente. No lugar dos falecidos, o platô de terra laranja com as ranhuras da garra da retroescavadeira visíveis. Nenhuma lápide.

Há o que as palavras não dão conta e há o que não se encontra à altura delas, caso do mosteiro, designação pomposa para as quatro celas dos noviços – estas sim, coerentes com o nome – junto ao puxadinho estreito e abafado dos serviços gerais e duas mais, uma ocupada na época por Yarim e outra pela mãe e ele na lateral da igreja de Santa Inês que, de relevante ostentava apenas a estátua da santa que lhe dava o nome – presente dos B. Brandão para Frei Elídio, uma santa cabeçuda supostamente esculpida por Mestre Brenner, o Holandês, assentada no pedestal adjacente ao púlpito, maior que as imagens do Divino Espírito Santo e até mesmo que a do Redentor suspensas na parede atrás do altar. Frei Elídio morava sozinho na casa térrea colada ao muro do mosteiro; nada de claustro. A entrada da igreja estava fechada. O quadro de cortiça permanecia na parede, mas sem as convocações para as atividades, cursos e projetos sociais, apenas a programação da igreja em folha com o timbre da prefeitura, não no papel com marca d'água da Diocese guardado a chaves por Frei Elídio para que ele não pegasse: celebração dos mortos no 2 de novembro, dali a quatro dias; seis meses até o Corpus Christi; missas no último domingo de cada mês, não mais diariamente. Só não supôs que o modesto prédio de pedras erguido no centro da Missão estivesse abandonado, pois a luz difusa de uma lâmpada se espraiava no vitrô da passagem ao anexo dos funcionários e às celas dos noviços.

Carmo era sua mãe adolescente metida no ônibus em Arenópolis para uma viagem de três luas através de Goiás e Tocantins[3] até dar em Arame. Três luas encolhida comendo da matula até o cerrado engrossar na janela, e os rios fiapos se tornarem caudalosos. A mãe trazia carta de próprio punho de Cícero B. Brandão, dono do chão no qual florescera, endereçada ao irmão, Frei Elídio B. Brandão, da Missão de Santa Inês – de quem ela tinha uma vaga lembrança de menina em Arenópolis –, a carta carregava

3 Outrora apenas Goiás, mesma parte, outros interesses, novo nome.

a promessa de trabalho para ela e de educação para o filho por nascer. Deixava o mando de Cícero em Arenópolis, onde os B. Brandão eram gente de milhares de cabeças pastando em terra própria e músculos de vinte jagunços, e passava ao de Frei Elídio, com a autoridade de sua altivez, da Diocese e do Onipotente. Frei Elídio, de certa forma, cumpriu a promessa até o dia em que ele e Camilo perderam contato, duas estações das chuvas após a morte de Carmo. Agora Camilo encontrava janelas fechadas, portas trancadas e missas encolhidas. Dois degraus separavam o pátio externo da entrada do anexo dos funcionários, bateu a aldrava. Haveria de encontrar alguém. Aguaceiro. Buscou abrigo debaixo da mangueira, abraçado ao tronco onde a água o alcançaria menor. Restava esperar, em breve cessaria para retornar no dia seguinte, conhecia as chuvas de Arame, violentas e rápidas feito um sopapo.

O temporal surrando a porta dos fundos era prenúncio de estadia longa. Quantas vezes teria atravessado aquela porta? Tantas correu por ela para brincar ao sol, mas chegadas e partidas seguiam gravadas em chuvaréu, como no dia de encher a mala doada por Frei Elídio para ir terminar os estudos em São Paulo – colocar todos os bens na mala deu ao garoto a ideia da longevidade do exílio. Em sua memória mais antiga, com quatro ou cinco anos, a aldrava soou forte durante a tempestade, e Yarim apareceu pelas mãos de Galilea, sem bagagem sem nada, mal protegidas sob o guarda-chuva cujo pano não se sustentava. Se tinha quatro ou cinco, ela onze ou doze. Lembrava-se de Galilea cochichar com a mãe, da mãe acordar Frei Elídio. A cena se interrompia neste ponto, no que o expulsaram da cozinha, a menina estática no vão entre a geladeira e a porta, os olhos inchados de choro contido. Na noite atravessada no escuro da eletricidade caída, dos rasgos dos relâmpagos e da respiração assaltada pelo fumo do candeeiro, foi tanta água chovida no mosteiro que ele se assombrou de imaginar a tormenta que a menina continha. Yarim passou a viver no cubículo contíguo, no lado esquerdo da nave central da igreja. Cedo, religiosamente, tomavam juntos a aula de catecismo, depois ela ajudava a mãe a lavar, torcer e esfregar – com baldes pelos corredores de pedra, furtivas, de modo a não perturbar o importante. Então almoçavam e desciam de mãos dadas a ladeira de paralelepípedos até a E.M. Profª Elvira Ferreira e, na volta, faziam duas horas de leitura na mais rígida mudez sob a supervisão de Frei Elídio, com livros que mandava vir de São Luís, Belém e Cuiabá. Uma vez na semana, sábado ou domingo, assistiam aos filmes em VHS infiltrados nos pacotes de livros feito tampinhas de refrigerante premiadas. Camilo recebeu a menina-mulher como um presente e tardou a perceber o quanto ser este presente doía nela. Os pais de Yarim trabalhavam, dormiam e acordavam na Saquatirama, fazenda dos Marques de Moura, tal qual Galilea. Na véspera da chegada à igreja, houve briga entre o pai de Yarim e o capataz da fazenda. Sem o retorno do pai ao quartinho da família, a lua ganhando altura, a esposa decidiu procurá-lo – Yarim os aguardaria com os ferrolhos das janelas e da porta travados. Nenhum regressou. Os cavalos dispararam descontrolados, disseram. Pegaram o pai e a mãe no meio da estrada, disseram. Galilea trabalhou a vida toda na casa grande, primeiro com a matriarca e depois com as filhas: a maior, que morreu ao dar à luz a Dió, e então com a menor, que logo se casou com o viúvo da irmã e que era conhecida na cidade pela alcunha de Apegada. De tamanho fardo, Galilea aprendeu a extrair pequenas benesses. No dia seguinte ao sumiço dos pais de Yarim, após o almoço, Galilea convenceu a menina a soltar os ferrolhos – tendo como uma de suas pequenas benesses que a deixassem levar Yarim para viver na igreja, de modo a evitar novos cavalos descontrolados.

Camilo passou os dedos no cabelo ensopado, torceu a camiseta, bateu à porta com veemência. Gotas esparsas se desprendiam do beiral do telhado. Insistiu com força desmedida em um arroubo que não costumava lhe servir bem. O assoalho rangeu sob passos. Não era o vigário, nem o Juiz, nem ninguém que já houvesse visto, o desconhecido tinha o encardido no rosto tão intenso quanto o dos andrajos que vestia – as obediências de Frei Elídio não haviam encontrado herdeiro; jamais admitiria tamanho desleixo. Camilo perguntou pelo vigário, ao que o homem respondeu que não havia nenhum. Como não? E quem reza as missas? Só em certos domingos, disse o homem postado sob o umbral. Quem sabe então faria a gentileza de chamar aquele que as rezava, nos certos domingos. Um pároco do Rio Nervoso vem a cavalo celebrar as missas, prosseguiu o homem, nos certos domingos. E quem seria este que guardava a entrada para o lar de sua infância? O homem se apresentou como o Zelador e nada mais disse. Encarava-o como se arrancado do sono por um vendedor ambulante de bugigangas, ou nada disso, talvez apenas fosse marrento, algo corriqueiro em Arame. Camilo se apresentou e, uma vez que o homem não sugeria que entrasse, se viu falando da mãe, do cubículo, das aulas de catecismo, dos dois dobermans que Frei Elídio mandara trazer de longe, Nomini e Veritas. O Zelador o mediu de cima a baixo sem largar da maçaneta, guardando tempo maior no encharcado das bainhas das calças que gotejavam nas botas. Camilo, de cabeça inclinada, observava além do umbral. A austeridade cutucava a lembrança: a mesa coberta pela toalha plástica xadrez e as torneiras de latão, o soquete no fio trançado agora portava uma lâmpada de led. A toalha era a da mãe, fez o Zelador saber. A chaleira que fumegava na boca acesa do fogão, também. Entre, te dou um café, o Zelador recuara um passo com ar resignado, essa igreja carece de serventia, disse, como se dispusesse dessa única resposta para todas as perguntas, inclusive as não feitas. Não era o que ia pela mente de Camilo, mas necessitava manter a conversa fluindo: E onde andam os fiéis?

Perderam a fé? O Zelador cobriu a boca com a mão como se quisesse evitar o enfado de escapulir por ela. Ou estão testando opções, que me importa. Indicou um dos assentos ao redor da mesa e lhe ofereceu o pano de prato para que esfregasse o molhado. Deixou claro que nunca recebia visitas, algo que Camilo notara apenas de correr os olhos. Eu cresci aqui, Frei Elídio foi meu tutor, minha mãe fazia um trabalho parecido com o do senhor. O Zelador colocou na mesa a lata, a térmica e o coador apanhados atrás do cortinado que escondia o vão sob a pia. Não creio, respondeu. Também cuidava do lugar, insistiu. Cargo igual, encargos diferentes, disse o Zelador antes de botar no coador duas colheres de sopa de café. Camilo esperou que falasse algo mais. O Zelador lhe deu as costas, apanhou a chaleira e se pôs a despejar a água no pó com movimento circular e comedido. Não atentava à trajetória do bico circulante e sim ao percurso dos olhos de Camilo que ganhavam asas para além do corredor que levava à sacristia. Empurrou a xícara com um sorriso de lábios cerrados. A mandíbula exaltava a pele nas bochechas. Camilo agradeceu e bicou o café quente. Não via atitude inapropriada no homem, mas a rigidez nos gestos, um embaraço mudo ao mover com amplitude os membros, lhe provocava mal-estar; ademais, a mesquinhez de palavras começava a irritá-lo. A xícara tremelicava na mão, sinal de que não sustentaria a conversa a tempo de esvaziá-la e, por não ver chance do homem contar o que desejava sem levar uma estocada, mandou: O que houve com a parte de trás do cemitério? O carão do Zelador que resistia a afrouxar lacrou de vez. Tenho coisas a fazer, e indicou a saída. Camilo se retirou para o pátio contrariado com a porta batida às suas costas, então pressentiu que o observavam de entre as moitas. Dirigiu-se ao local do movimento, não havia ninguém. Desceu a ladeira até a rodoviária para recuperar a bagagem. Melhor achar um pouso.

Camilo chegou a São Paulo em 1989 para concluir os estudos na capital das oportunidades, como Frei Elídio costumava frisar. Carmo tentou contestar, mas de que valia objeção na voz de quem passou a vida sussurrando? Camilo nunca soube ao certo se a real motivação de Frei Elídio era sua educação ou a preocupação por suas feições estarem a cada dia se assemelhando, exceto pela pele um pingo mais pigmentada do garoto e nenhum bom nome alvo-ibérico como o do religioso para suavizá-la. Mesmo com isso, não considerava que fosse seu pai, provável que o irmão Cícero é quem fosse, uma vez que o religioso e o latifundiário tratavam de preservar os interesses mútuos. Sendo assim, a chance de ter o pai vivo existia, o que no atual momento pouco lhe importava, não nutria o menor afeto nem pelo severo nem pelo ausente, e o pai na certidão de nascimento não deixaria de ser o miserável risco de BIC. Durante anos tardou o regresso – por vezes faltava o dinheiro, por vezes, a circunstância; na maioria, os dois, e abundava a inanição –, falava com a mãe através de cartas e uma vez por mês ao telefone, sempre às sextas. Se existia compromisso, algo incomum, adiantava, postergava e, caso não estivesse em suas mãos, faltava. Permanecia em casa diante da televisão, os pensamentos embotados, aguardando o telefone tocar. Os anos viraram década e só não, duas por conta do sucedido com a mãe. Pressentiu problemas com a ausência da ligação, depois quando ela não atendeu. Carmo não gostava de médicos e foi diagnosticada tarde. O patrão concedeu que antecipasse uma semana de férias para visitá-la, gastou três dos sete dias aflito entre assentos de ônibus e de lanchonetes de beira de estrada, enquanto ela agonizava, e gastou mais um para, na presença do Juiz, de Yarim e de Galilea, enterrar a empregada da Missão morta na véspera da chegada do único filho pela febre dum-dum.

Coube ao Vigário Miguel encaminhar sua alma, Frei Elídio andava em viagem. Cobriu a mãe de flores de roseira e terra e encomendou a sepultura – o dono da funerária quis arrancar dele a palavra a figurar na lápide, abaixo do nome, mas se resignou a ligar em momento oportuno, posto que, eliminado o assunto funeral, o entendimento de Camilo se voltara para as funções restantes: hospital, cartório, prefeitura e tomar o ônibus de volta às dezenove. Os três dias de amargor e luto aos quais foi submetido no retorno ao trabalho – náufrago em ônibus sacolejantes país abaixo em profunda miséria emocional – acabaram por danificar sua docilidade, e a consequência triturou de vez as perspectivas de ascensão profissional na cidade das oportunidades. Foi do Terminal Rodoviário do Tietê ao apartamento alugado no Largo do Arouche antes que qualquer filigrana de sol rompesse as silhuetas de concreto; arrumado, sem repousar um segundo sequer, tomou nova condução para estar no trabalho às sete e vinte e cinco, horário de bater cartão. Foi notificado na portaria que o chefe desejava lhe falar. Aguardou por quatro horas sentado ao lado de uma dracena desfalecida que o chamassem; quando, esgotado e cozido no ressentimento, desejou quebrar o escritório do patrão a chutes, varar com a Olivetti Lettera 32 o gesso que isolava a sala de reuniões e arrancar a divisória do prumo usando o próprio chefe de petardo. Teria valido a pena, mas tal desfecho não existiu para além do seu desejo na eternidade da espera, visto que nunca agredira ninguém, engolidor que era. O que de fato se passou é que, ao ser enfim chamado pela secretária, já se daria por contente se ao menos conseguisse soterrar o desgraçado em bravatas, mas isso tampouco conseguiu. Ergueu a voz uma primeira e última vez, pois mal externou a zanga, o chefe que se achava em pé caiu fora por outra porta rumo a destino ignorado e, antes que Camilo conseguisse contar um-dois, foi retido por seguranças. Sua rebeldia findou em desastre, uma vez que, como habitualmente ocorre com a ponta fraca, a punição foi desproporcional ao delito: levou um pontapé nas partes baixas e um soco contundente no abdômen que resultou em uma lesão nas costelas que até hoje lhe doem em dias excessivamente aquosos. Foi demitido por justa causa e aceitou a punição sob ameaça de enfrentar um processo por depredação e lesão corporal como fizeram constar no B.O. Levou a pecha como se leva a peste e com isso enterrou em uma única tacada a mãe, o colegial cursado com a ajuda dos padres, as aulas aos sábados, as provas, os trabalhos, o TCC na faculdade de Ciências Contábeis e a promissora carreira nos escritórios da confecção no Bom Retiro. Quando o resto de dinheiro que possuía chegou ao fim e não tinha nem para o pão nem para o chão, aceitou o emprego bem abaixo de suas qualificações na metalúrgica no outro canto da cidade com a promessa, nunca cumprida, de que, assim que surgisse uma vaga, seria transferido para a contabilidade.

As luzes da rodoviária estavam apagadas, e o funcionário que aceitara cuidar da bagagem descia a rua rumo ao centro com o boné pendurado no passante do cinto. Correu e o interpelou antes que dobrasse a esquina. Retornaram à rodoviária. Camilo tentava entabular conversa sem sucesso, o funcionário avançava impetuoso à frente como um tropeiro. Abriu o depósito e jogou a mala a seus pés. Queria saber do cemitério, de Frei Elídio, de lugar para dormir, mas a prudência sugeria não insistir, um lacônico ao dia bastava. Apenas agradeceu ao que o funcionário retribuiu com o polegar.

O paredão entre a rodoviária e o campinho se encontrava deteriorado, condição impensável quando Mazzaropi arrebatou Arame. Ao menos uma vez ao semestre, a prefeitura afixava os avisos roxos com cheiro de álcool saídos do mimeógrafo nos comércios, botecos e no mural da igreja convocando os moradores para a pintura do paredão no sábado seguinte. A prefeitura disponibilizava os galões de tinta. O evento máximo do município era a Cinekombi do Alaor, bastava o veículo colorido despontar para que as crianças parassem de brincar e o seguissem igual em *Hamelin*. A Cinekombi estacionava no campinho e Alaor gastava a tarde nos ajustes do maquinário e estendendo fios para a projeção surpresa da noite. Ao entardecer, as famílias chegavam com quitutes e toalhas que cobriam o gramado. Carmo fazia sanduíches de queijo e mel. Por mais que ela se empenhasse, Camilo tinha dificuldade em se entrosar com os garotos – sua segurança alcançava a custo afagar um gato –; a mãe, o filme e os sanduíches estavam de bom tamanho. As condições precárias do paredão após as chuvas de um inverno rigoroso inviabilizaram a exibição de *O Jeca Macumbeiro*, a prefeitura teve que tomar providências. A pintura do paredão se tornou o evento em si e o surgimento dos etílicos avisos roxos causava tanto alvoroço quanto a poeira da Kombi na estrada. A placa no frontão da rodoviária dizia "Arame". Não parecia. Nem tão tarde e na praça não se via vivalma. A antena da companhia telefônica se erguia além das copas das árvores.

Luzes vazavam das janelas, mais brilhantes que nos escureceres em que a mãe o levava ao mercado; agora, janelas gradeadas. Sinais coerentes com a extinção das projeções na parede, com o fim da agitação dos pés-de-cana nas mesas do Marconi, do papo jogado no passeio e da TV do coreto ligada no canal 5 até as vinte e duas, horário no qual seu Antunes a desligava e, sob vaias, passava o cadeado na tampa que bloqueava o acesso ao seletor. Postes renovados tornaram as ruas iluminadas, mas o esvaziado, a antena e as grades atestavam que a vida se desenrolava entre paredes. No tempo de vagar a esmo e pisar nas poças de lama, Arame era um enclave conectado ao mundo pela ponte dos Cabritos; agora, devido à tal antena, a maioria das cabeças do planeta eram acessíveis, pensou – só não tinha com quem falar. A hospedaria Lobo-do-rio não existia mais.[4] Demorou a encontrar alguém e, apesar de querer mesmo saber o ocorrido com os enterrados no além-muro, achou prudente indagar sobre um lugar para pernoitar. Amanhã iria à prefeitura, à delegacia, procuraria Yarim, o Juiz, quiçá Galilea estivesse viva, ou qualquer alma conhecida. O barulho o fez avistar o matuto com chapéu de boiadeiro no

4 Lobo-do-rio, onça-d'água ou ariranha é da família das lontras, chega a medir 1,80m e pesar 35kg. Espécie vulnerável de acordo com o *Livro Vermelho da Fauna Brasileira Ameaçada de Extinção* do ICMBIO, Instituto Chico Mendes, 2018. Considera-se uma espécie vulnerável aquela que está enfrentando risco alto de extinção na natureza. Ao todo o livro aponta 1172 espécies ameaçadas entre vulneráveis (VU) e críticas (CR) e outras dez já extintas.

lado oposto da praça, batia com uma vara no cano de trazer água aos cochos. Nos idos, a água jorrava em fartura com o murmúrio misturado ao dos insetos e dos pássaros, agora vertia um fiapo enlameado e gorgolejava a cada pancada levada do boiadeiro. O homem indicou a morada de um casal emigrado de Boca do Macauã, no Acre, que alugava quartos no último trecho da rua do meio. Fiquem longe da rua do meio, as crianças sabiam, as mães contavam antes mesmo de lhes preparar a mamadeira, de amarrar seus sapatos, de passar a manteiga no pão de milho, de pentear os cabelos para a escola, de lhes beijar a testa no que saíam para brincar no campinho ou para ensaiar namoros nos bancos da praça. Naquelas bandas o Mapinguari acuava suas presas.[5] Ouvia-se gritos na franja da mata, o corpo dilacerado de João Sete e outros foram encontrados na rua do meio. Hoje Camilo sabia, os gritos na franja da mata vinham das extravagâncias que se davam na Vênus – casa de tolerância camuflada no final da trilha que partia do último trecho da rua do meio –, de onde os clientes eram varridos com a sujeira no alvorecer. Sabia que João Sete levara furo por mexer com mulher de dono, e que outros desencarnaram por nada além de uma língua de maus-bofes, uma mão tola, um ás de copas amassado, um par

5 O Mapinguari é uma criatura homem-bicho do tamanho de três guerreiros, com um único olho na testa, boca na barriga, corpo recoberto de couro de jacaré, mãos contundentes de pilão e o sopro capaz de rebentar o cano de uma espingarda.

de dados caprichosos, fumaça de cigarro, cara feia, lufada de vento e cor da pele. A Vênus nasceu com a cidade. Se os espaços religiosos prosperavam, com certeza a Vênus também, instituições beneficiárias da destemperança que eram. Apesar de saber disto, sentiu gelar a espinha ao penetrar na escuridão da rua do meio e apertou os fundilhos no que um morcego abalroou sua testa.

Àquela hora o marido dormia, pegava o turno da madrugada. A senhora destrancou o quartinho e o banheiro junto à lavanderia, que tomasse logo um banho para não apanhar friagem, mantivesse o quarto fechado defendido dos insetos e, uma vez pronto, fosse à frente da casa que lhe arrumaria de comer. Banhado, ele pendurou as roupas chovidas no varal da senhora. Ela se desculpou por não servir mais que o guisado de galinha, a porção de palmito de açaizeiro e farinha de pau[6]. Não esperava hóspedes, a pegara desprevenida.

Uma inofensiva aranha papa-moscas vagava errática pelo teto do quarto como uma nômade solitária. Apesar da acolhida gentil, ao se deitar, foi assombrado pelo vazio. Cubículos escuros faziam parte de sua vida e resolver – ou não – as coisas sozinho era a regra; mas algo era diferente: o escabroso passeava em Arame, túmulos profanados

6 Farinha de mandioca fina; farinha d'água.

– um da mãe –, retroescavar defuntos para construir um condomínio parecia tão grotesco quanto haver uma carta chamada "especulação imobiliária" em um jogo de tabuleiros para crianças, canalhice épica, provando outra vez que a realidade pode ser inverossímil e mais sórdida que o imaginado. Atentavam contra seu subterfúgio de resistência e o obrigavam à reação. Mesmo que a fraqueza o houvesse amarrado à inanição, seria difícil varrer tamanha ofensa tapete abaixo; mais esta, ainda. E pior, sem ter com quem compartilhar, sem mãe, sem pai, sem Frei Elídio e sem o irmão do qual julgava ter sido privado e teria doze anos menos que ele. A semente da desconfiança germinara na véspera da mãe cair de cama, no final da tarde vira Frei Elídio irritado ao redor da porta do cubículo a grunhir entredentes. Ao não encontrar a mãe na cozinha finda a aula de catecismo, após arrancar um naco do pão, atravessou o corredor e tentou entrar no cubículo, mas Galilea se interpôs fechando a porta. Galilea foi rápida, porém não o suficiente para evitar que visse a mãe na cama, carente de expressão, o lençol manchado de sangue no regaço, e Yarim ajoelhada mergulhando panos no balde. Galilea arrastou-o à igreja e, sentados em um dos bancos, com a mão em seus cabelos, assegurou que a mãe ficaria bem, fora acometida de um mal súbito, um do qual se ela havia dito o nome, ele era incapaz de se lembrar. Só precisava de repouso. A mãe passou a semana deitada, as mulheres trazendo caldos, aplicando unguentos. Aceitaram sua presença após três dias. A mãe descolorada erguia a cabeça com dificuldade, abaixou seu rosto e beijou sua testa. Estou bem, filho, já foi. Já foi o quê, mãe? O que eu tive. E o que teve, mãe? Nada sério, filho, nada sério. Ele permaneceu ao pé da cama desorientado ao intuir o esgarçamento do vínculo entre eles iniciado nos bicos intumescidos dos seios dela, crescido na mão que ela lhe dava para atravessar o misterioso que antecede o sono, no aconchego de suas asas e nas catadas dos piolhos. Sentiu a finitude nas pontas dos dedos dela até parar de acariciá-lo. Dali em diante seriam dois, e ele por si. Vai, filho, vai, preciso descansar. Obedeceu porque temia discordar, mais ainda da mãe que não abria espaço, impunha com docilidade. Retirou-se quieto, porém no corredor se pôs a xingar e bater os pés com raiva no assoalho. Fora-se um irmão? Quis acreditar.

***

Camilo acordou tarde. Depois das noites em viagem e da batalha pelo sono, caíram-lhe bem o lençol e o travesseiro. A manhã ia pelo fim e, ao contrário da calada da véspera, uma algazarra penetrava as frestas do quarto. Deu-se banho e roupas limpas, e bateu o cano das botas contra o piso no caso de um inseto mais traiçoeiro que a papa-moscas houvesse se decidido a pernoitar nelas. Sobre a mesa, o bilhete dizia que ficasse à vontade, suco de cajá e beiju. As roupas no varal, mesmo limpas, traziam consigo o chão, se não amarelo-marrom eram vermelho-marrom, azul-marrom, afora as brancas que eram brancas de quarar. Hora de visitar a prefeitura. Ao sair o calor e a umidade abarcaram seu corpo. Dois porcos deitados na calçada obstruíam a passagem, bateu palmas e abanou os braços em vão, saiu espremido rente ao muro. A algazarra vinha da feira quinzenal na praça. Meteu-se na multidão em busca de recordações. A quantidade de vendedores e compradores se assemelhava, dinheiro curto, a maioria esperava trocar galinhas por potes de barro, uma tranche de tucunaré, carne salgada e de sol, bichos soltos ou amarrados em cordões, em gaiolas ou esquartejados ao lado das cabeças chifrudas, cestaria, cabos de panelas, pilhas, cachaça, crajiru de cicatrização, quina-quina de baixar a febre, assa-peixe, tira tosse e marapuama, que cura pinto caído. Nenhuma cara familiar. Atravessou atento o rebuliço: o posto da Funai virara borracharia; no do Ibama, parede derrubada, trator empoeirado dentro e placa de aluguel; uma loja de armas e munições oferecia mimos aos clientes; entrou na prefeitura desejoso de respostas. A primeira resposta que obteve era óbvia, só lhe escapara por negligência, o prefeito era Diógenes Marques de Moura Neto.

Os dois capitães disputaram na moeda a primazia na

escolha dos jogadores. Um, o craque e o outro, Dió – como Diógenes insistia em ser chamado –, por ser neto com nome do avô, filho do prefeito Filho, sobrinho de desembargador, de deputado, afilhado de Frei Elídio, herdeiro das Fazendas Saquatirama e Valença e do terreno do campinho; não igual a ele que nem pai tinha. Alguns jogadores eram escolhas certeiras dado a habilidade – e havia o Catimba, único goleiro assumido –, aos restantes, pesos iguais, exceção feita a Camilo que comparecia forçado pela mãe. Acostumou-se a se ver solitário no círculo central até ser empurrado para o time adversário do futuro prefeito como mosca espanada a rabo de vaca. Ficava assim, então, uma vez que não se discutia com Dió e porque era preciso retirar o menino da grama para a bola correr.

Camilo pediu ao segurança na recepção para ser atendido. Foi direcionado à sala no final do corredor. Ocupando uma das paredes, uma foto aérea do município de Arame encravado qual um olho entre os dois morros, o do Tejupo com a Igreja de Santa Inês e o da Almada de onde a Pedra do Dedo emergia imponente. A moça mexia no computador enquanto falava ao telefone, fazia sinais esporádicos para que a aguardasse e sorria sem entusiasmo se notava a expressão desgostosa de Camilo pousar sobre ela – ampliava nas bochechas de pó-de-arroz a palidez das luzes do teto. Ao fim se dirigiu a ele, solicitou um documento e desapareceu por tempo o suficiente para que ele decidisse se sentar. Ao ressurgir se entregou ao teclado com morosidade. Camilo se inquietava na cadeira. Ela prendeu o papel tirado da impressora e a caneta no clipe da prancheta. O prefeito fora almoçar, ela aproveitaria para ir também. Se eu fosse o senhor faria o mesmo, esse horário é complicado, sabe? Ele sabia, certos almoços em Arame tendiam ao sem fim, melhor seria uma volta na feira. Chegou ao meio da rua com a prancheta: Nome? Idade? Local de nascimento? Possui propriedade no município/redondezas? Assunto? A mulher das farinhas guardava o dinheiro na touca, o pirarucu da grossura de um poste repousava no cepo, o homem esfregou os dedos melados no pano que levava no cós da calça, depois na sobrancelha, encaixou o facão sob uma das nadadeiras do peixe e sentou a marreta no facão que afundou dois dedos na carne rosada, de novo a marreta e outros dois dedos. As moscas rodopiavam no cheiro nauseante. Peixe não, aqui não, muito mercúrio, um sussurro em seu ouvido. Virou rápido, a pessoa que pressentiu grudada já ia longe, o tal vulto que claudicava como se lhe faltasse um naco da panturrilha desfeito no mundaréu. O Juiz foi jardineiro da igreja e coveiro do Grande e do Pequeno. Aos sábados, antes da cidade despertar e da molecada investir qual enxame, baixava a grama do campinho com a roçadeira para completar a paga curta – quem tinha algum pingava um. Chamavam-no Juiz, pois, na falta de um mais gabaritado, apitava os jogos da molecada manquitolando entre as quatro linhas. Foi ele quem convenceu Carmo a deixar de mandar o filho aos jogos e, por gratidão e sobretudo por amarrar a solidão à do coveiro, Camilo, se encontrava brecha, corria ao jardim ou ao cemitério em busca do amigo e confidente. O Juiz ouvia o que tinha a dizer e retribuía com saberes da selva e histórias colhidas dos diversos povos ou de universos distantes, misturava habitantes do céu e da cidade, feitiços, animismo, reis cujos reinos se deslocavam com a chegada da nova estação, lanceiras de cabelos grossos feito cipó nos lombos desselados de cavalos enfrentando rapinadores com arcabuzes de fogo, aprisionava rebeldes nas torres erguidas em El Dorado e largava o minúsculo Davi tingido de urucum sob as embaúbas e os piquiás, a funda em punho para expulsar os gananciosos ou escapar à Boiúna[7]. Histórias retocadas da memória que eram suas não por ler nem por ouvir e sim por vividas.

Camilo comeu pastel de queijo com tucumã, enquanto zanzava pelas ruas adjacentes antes de retornar à mesma cadeira na sala de espera da prefeitura. A secretária não havia chegado. Deu-lhe a prancheta assim que pisou na sala. Nome: Camilo dos Santos; Idade: 48; Local de nascimento: Arame; Possui propriedade no município/redondezas? Não; Assunto: esclarecimento situação cemitério Pequeno.

7 Ou cobra grande que vive na parte profunda dos rios. Está ligada a vários mitos criadores das culturas originárias da Amazônia, de rios, animais e inclusive da noite. Seu rastro seria o criador dos igarapés. Força e agilidade a tornam praticamente imbatível, mas pior que sucumbir a ela seria matá-la, o que traria ruína à comunidade daquele que a matou.

Tamborilava na perna com os dedos, uma sobre a outra, descruzou-as e deslizou no assento. Faltava um parafuso em uma das três pás do ventilador de teto e a cada vez que apontava a porta do suposto gabinete do desafeto estalava, tlec, telec. Paredes manchadas onde o rodapé fora arrancado, bebedor com o galão pelo fim e copinhos pendentes no tubo de metal, sobre a mesa da secretária: o computador e dois telefones, um convencional, outro cheio de botões; tudo sob a foto aérea do município. Aproximou-se. De perto os detalhes da foto se revelavam, o gramado com pintas claras passada a igreja era o cemitério Pequeno, bateu com alarde o nó do indicador sobre o lugar duas vezes, a secretária nem tremeu. Voltou à cadeira que guardava no assento a marca escurecida de suor deixada por seu traseiro, a espinha ereta, as pernas recruzadas, elevou os dedos diante do rosto – precisava cortar as unhas. Às suas costas – nem precisava olhar, o vento encanado lhe rememorava – o corredor levaria ao saguão, à entrada principal, à escadaria e à praça. O sol na cortina ventada ondulava no piso igual à fogueira nas saias da quadrilha de um longínquo São João, tlec, telec, porta centenária no gabinete, tlec, telec, maciça, mogno com grossas almofadas, fechadura de latão com chave de argola trabalhada na ponta, daquelas robustas que obrigam o buraco da chave a ser amplo e incitam o curioso a se agachar e observar através dele. Suas lembranças de Arame eram difusas: a primeira, a última e a mais nítida evocavam Yarim. A primeira, pelas mãos de Galilea no meio do aguaceiro; a última, seu aspecto impassível durante o enterro da mãe, o alheamento de quem perde afetos como uns perdem o apetite; e a mais nítida, vívida nas pálpebras, ocorria além de um buraco de fechadura. Ela de camiseta e calcinha, distraída, sem a toalha na maçaneta como Carmo lhe ensinara para se proteger de invasores. Dava para perceber a ausência de sutiã entre a pele e o tecido. Suspendeu a camiseta pinçando os dois lados, arrochou a frente da calcinha até os dedos se afogarem entre as pernas, puxou a calcinha até os joelhos para arrastá-la até o calcanhar com os pés, se tocando, os olhos fechados, uma mão suave sob a camiseta e a outra afoita no ventre. Esfregava as costas nos azulejos da parede, arrancou a calcinha pisando nela sem deixar de ondear os quadris, os joelhos afastados – os pentelhos negros, densos e sem nuance, noite sem lua – mordeu as costas da mão com força, o corpo escorreu inteiro até o piso, roçou as pernas enroscadas até se largar, arfante, diminuindo até silenciar, uma mão escapou do meio das pernas e a outra da boca até pousarem nos seios roliços e pontudos feito um abiu.[8] O telefone tocando, a secretária com a mão encobrindo o bocal: uhun, uhun, uhun. Passou por ele rumo ao

8 Fruto do abieiro (*Pouteria caimito*), árvore nativa da Amazônia central, já era apreciado pelas civilizações pré-colombianas. Serve de alimento, sendo também bastante utilizado na medicina popular, possui formato globoso ou elipsoide. Seu tamanho varia, mas não costuma extrapolar a palma de uma mão, podendo não ter sabor ou ser o fruto mais doce. Do tupi-guarani = fruta com ponta.

saguão, escurecera, iria chover a qualquer instante, de volta à mesa e ao teclado. O segurança da entrada em pé às suas costas, tlec, telec, Camilo retornou à fechadura, a mola da maçaneta perdera o vigor e se assemelhava a um ponteiro fatigado incapaz de superar os vinte para qualquer coisa; as dobradiças; estas foram encobertas pelo busto da secretária que enfim se dignava a caminhar em sua direção. O assunto era da alçada do secretário de Obras e Infraestrutura do município que, infelizmente, não se encontrava na cidade. Sugeriu que telefonasse na semana seguinte. Verei o que posso fazer. Devolveu o formulário preenchido e um cartão sem nome com apenas um número de telefone e o brasão da prefeitura. O segurança se plantara tão colado que do bafo se deduzia o almoçado. Apesar do sangue borbulhar, agradeceu. Restava se submeter à subsidiária delegacia a um quarteirão, mesmo ciente de que lá a regência era de pau mandado. Apalpava o bolso como se ainda carregasse a semente em forma de chapéu – presente do Juiz – que espremida na palma da mão permitia a ele seguir adiante em situações de desamparo.

Da antessala se via através do vidro o delegado ao telefone, Camilo pediu ao escrivão de bigodinho fino que se pasmava com o marasmo da rua para falar com ele. O escrivão sondou o superior apartado em seu aquário, que meneava sorridente a cabeça em sinal de negativo, antes de responder que o delegado não se encontrava. Enfim, nem tudo havia mudado: a delegacia continuava não funcionando normalmente. Com a caneta emprestada pelo bigodinho e o formulário da prefeitura apoiado diante dele, riscou o item assunto e escreveu: "CADÊ MINHA MÃE? CARALHO". De volta à prefeitura, contornou o prédio conjecturando qual janela seria a do gabinete do senhor filho da puta do prefeito que gostava de ser chamado de Dió. Não tornaria a se apequenar. Uma pedra serviu de molde e lastro para a bolota recoberta pelo papel do formulário onde com um certo esforço era possível ler a palavra mãe, meio amassada. O estardalhaço do vidro ruindo alvoroçou os pássaros.

A luz do céu fraquejou. Um cinza soturno obstruía o azul resplandecente que banhara o dia até então, hora de cair fora. Atravessava a praça rumo ao Marconi quando a gota o atingiu. Acelerou o passo. Na esquina da Dezesseis de Agosto, diante da Assembleia da Divina Providência, três pranchas haviam sido emparelhadas sobre um dormente de modo a evitar que os fiéis sucumbissem na lama.

Enxurradas arrastam o desgarrado: na mata, terra de pirambeira, ramas que não se sustentam, florada que já deu; na cidade, o que não cabe na vida dos outros. Sob a janela do Arouche existia de antes dele um aparelho de ar que não refrigerava, tapava buraco, dava guarida às pombas e trazia a chuva para dentro quando ela batia na lataria. Nas noites em que a bateção encobria a polifonia das ruas movimentadas, Camilo, se ia ao banheiro ou à geladeira, parava diante do vidro sujo, observava a cidade que não sabia lidar com as águas e tinha saudades de sua terra. Do Arouche até onde se dá o nome de Grande São Paulo, os rios correm por baixo, depois se avultam e vazam. O desgarrado se reúne nas bocas de lobo e obstrui o engenho do homem, avança nas calçadas, se espalha e expulsa os desgarrados que dormem no chão – os moradores das brechas arrastam as posses no molhado, se empoleiram onde dá. Esperam que passe. Era dessa janela que Camilo via as gentes retrocederem ao formigueiro; resistiam os urbanautas em trajes selados de plástico preto com os caixotes de entregas às costas cruzando o piso escorregadio e tocando interfones sob a torrente. O aguaceiro botava saudades e as saudades, melancolia. A lama sob as pranchas nos dormentes trouxe a memória da janela do Arouche que, por sua vez, evocava a memória da lama.

A passarela improvisada para os fiéis se safarem do dilúvio terminava na cobertura de telhas plásticas fixada ao frontão da Assembleia da Divina Providência. Ouvia as palavras do Pastor. A voz do pregador deu lugar ao canto. O que supôs ser o templo era uma fachada. Para além da passagem, uma tenda laranja abrigava os fiéis, a chuva batia com força na lona e se misturava às orações, cânticos e palmas. O Pastor com microfone regia de cima do estrado, o paletó cinza destoava da roupa de roceiro por baixo. Fervia no interior, e a cobertura plástica suava tanto quanto os devotos. Um homem tocou de repente a lateral do seu corpo. Se tivessem a mesma altura teria sido um triscar de ombros, mas o homem era magricela e alto feito caniço, o que o forçou, ao se deparar com o gogó saliente, a inclinar o rosto a fim de explorar a fisionomia dele. Vestia-se com decência e segurava o chapéu de encontro ao peito, o cabelo descia lambido à moda dos apanhados entre as águas de fora e as de dentro, gotículas se avolumavam no queixo e no nariz dando à face escanhoada um brilho desconcertante. Cruzaram olhares. O dia está próximo, o homem disse. Uma profusão de veias vermelhas riscava o branco de seus olhos replicando o céu que desabava sobre suas cabeças. O dia está próximo, repetiu, sua hora vai chegar, o que dirá a pedra com teu nome? Camilo, sem dar as costas ao culto e sem responder, recuou para a cobertura de telhas plásticas. Acendeu um cigarro. À frente a prefeitura. Que cacete. O dia está próximo! Agora a voz do Pastor capturada pelo microfone saía cuspida do alto-falante atado a um poste de metal. O dia está próximo! A sua hora vai chegar!

Que cacete!

A chuva se extinguiu da maneira abrupta como se iniciara. Jogou a bituca na torrente sob as tábuas e partiu ligeiro para o cômodo na rua do meio. Conforme se afastava, a cantoria da Divina Providência diminuía e aumentava a dos Ungidos pelo Altíssimo disparada pelo megafone na fachada do galpão azulejado na Rua Carlos Chagas, colado ao fundo de seu quarto de fundos. Travava-se no ar a disputa danada pelos corações e mentes da comunidade – e pelos ouvidos; e pelo saco, definitivamente. Melhor mesmo seria o Marconi, e só depois a rua do meio. A charrete de canos metálicos e tábuas, pneus de fusca, lotada de botijões de gás guiada pelo velho de macacão escuro e puxada por um burro passou na poça e arremessou uma onda de lama em suas calças. Que puta cacete do caralho, gritou Camilo. O velho lhe mandou o dedo maior.

A placa do boteco era a mesma, assim como a cobertura de zinco e a mesa de sinuca rasgada, porém as cadeiras e mesas de fora pertenciam ao passado; nas de dentro, o plástico com anúncio do Guaraná Jesus tomara o lugar da madeira. Antes de entrar livrou as calças da lama com um graveto. Chamou a atenção do garoto com uma protobarba ao redor do queixo e o boné às avessas que assistia a um reality de carros tunados na TV com os cotovelos apoiados no balcão. E o Marconi? O menino respondeu que o dono do nome que figurava na placa na entrada do bar se fora há tempos. Marconi saía de manhã empunhando a viola, se ia ao mercado levava a viola, pagar conta miúda, coisa de um tico de existência, passava a mão na viola e cruzava a praça. À noite tocava no bar até as pontas dos dedos arderem vermelhas e, na hora de dormir, a metia debaixo do braço e tomava o rumo de casa. Se dormia com ela na cama não se sabia, as línguas assanhadas juravam que sim. A viola estava jogada no canto do bar junto a engradados vazios e galões de produtos de limpeza. Para bom entendedor bastava, um e um dava dois, mas em Arame isso não alterava o estado das coisas. Camilo julgou não ser o momento de se meter em novo quiproquó. Perguntou se podia se sentar fora, ao tempo que já arrastava uma das mesas de plástico. Fora a luz branca não alcançava. Pediu um Presidente, necessitava de um com urgência. Se entupiu de conhaques, cigarros e cerveja até mal se equilibrar na cadeira do guaraná e de Jesus.

Despertou nu em seu quarto, mais tarde que no dia anterior. A roupa no banheiro amontoada no capacho o fez se imaginar atravessando a lavanderia em pelo. A cabeça latejava como se sob o efeito do perfume meloso de Galilea, e a língua grudenta e seca entupia a boca como se houvesse nela um baiacu. O percurso desde o Marconi à cama era uma incógnita, só guardara o corpo volteando e os cantos entoados pelos fiéis da Assembleia dos Ungidos pelo Altíssimo do Terreno Detrás.

O suco de cupuaçu e a mandioca cozida estavam lá, a dona da pensão – com a cara fechada – idem. O senhor vai precisar se mudar hoje, esperamos um hóspede. Me desculpe, tenho marido esquecido. Nem valia discutir, juntou os pertences, botou a mochila nas costas, a mala junto à porta e prometeu que retornaria em breve, meio saído, antes que a mulher dissesse o que sabia que diria, que melhor seria levar a bagagem de imediato. Perambulou pelas ruas destrinchando rostos à cata de conhecidos, crescia e diminuía cabelos, mudava cores, barbeava, desenrugava, surrupiava óculos, chapéus e toucas conforme a veneta. Apesar do olhar voltado para seus rostos, não sorriam nem se ultrajavam. Dobrou à esquerda, à cata de feições inéditas, uma menina banhava uma fralda no tacho com serragem da taiúva para trazer dela a cor do sol; então, à direita, e os rostos sumiram, as pessoas com quem se via prestes a cruzar entravam nas casas, lojas, ruas perpendiculares, saindo de cena atabalhoadas em um espetáculo mal-ensaiado. Por instinto, se virou pronto para correr ao avistar o bicho que assustava o povo. A rua se via deserta, exceto pela presença do Zelador companheiro de café. Vestia os mesmos andrajos da antevéspera e, ao sol, os trapos sebentos davam a impressão de vir grudados à pele. Perto, Camilo estendeu a mão que flutuou no ar. O Zelador manteve as suas escondidas atrás do corpo. Parece que você não anda agradando. Cuspiu. Exibia o mesmo sorriso de lábios cerrados, feição que Camilo interpretou mal, pois a atribuiu ao desvario explícito do homem. Não acho que fogem de mim, respondeu sem saber ao certo do que se tratava. Eles fugirem não me surpreende, estranho é você estar aqui, prosseguiu o Zelador. O Camilo que catava feições tinha diante de si uma deveras sinistra. E onde eu deveria estar? No ônibus, continuou o bicho que botara o povo para correr. Camilo percebeu nas costas do outro um espichar felino; no que a pedra saíra de sua mão destinada ao vidro, havia transposto o Rubicão. Tenho algo a zelar, lembra? Cargo igual, encargos diferentes. O Zelador chacoalhava o polegar e o indicador estendidos e os dedos restantes dobrados. Camilo não via ninguém, porém sabia dos olhares hesitantes camuflados nas cortinas. Bom, avise quem me quer no ônibus que diga cadê minha mãe e irei embora em seguida; e esboçou atravessar rumo à calçada oposta. O Zelador segurou-o pelo ombro, apesar do solavanco mudo de seus movimentos, tinha o braço veloz. Camilo quis se safar, mas a mão do homem se enfronhara em sua roupa tal qual um torniquete. Arremeteu o crânio rochoso em sua testa, soco na barriga e porrada na nuca antes de jogá-lo de cara no meio-fio, vieram chutes, a dor atroz e a semiconsciência que lhe suspendeu o contar do relógio, a razão e o desalento diante do porvir, só não encobriu a visão do monstro sobre ele. O Zelador ergueu o ferro pontiagudo aparentado de um agulhão; não veio. O Zelador camuflou o espeto na manga da camisa, deu as costas e sumiu. Um carro descia a rua em alta velocidade, a buzina estrondando o silêncio dos amedrontados. Camilo desmaiou.

O carro sacudia. Sua carne espancada batia no banco velho e duro, a costela rota latejava. A língua na boca visguenta deu com o vão do dente perdido no confronto. Abria e fechava os olhos – encolhido entre trapos, uma garrafa de Coca-Cola 1,5L com cheiro de gasolina, cordas de sisal e nylon, estacas de bambu, latas de tinta spray, uma boneca de plástico com pálpebras deslizantes, a estopa travesseiro – até se fixarem no familiar. O cabelo se tornara curto e mechas acinzentadas sobressaiam na testa e nas têmporas, a expressão do rosto ainda externava a dissonância entre inocência e maturidade; mantivera o encanto, mas regia a firmeza onde antes, a brandura. Quem é vivo aparece, disse Yarim do banco da frente com o corpo retorcido e o braço esticado de modo a evitar o deslizamento do pano que forçava contra sua testa. Se dê por feliz, homem, estar vivo é benção pra quem se bate com o Zelador, completou a moça ao volante. Camilo teve a impressão de que lhe encarava através do retrovisor. Yarim apresentou Dita Mansa antes de se destorcer e monitorar com atenção o caminho. O carro sacudia. Estavam próximos, ele ficara apagado a maior parte do trajeto. Crânio rochoso, porradas, agulhão. A visão desorientada de Camilo acompanhava a fileira de colossais robôs de lata sustentadores de cabos de força. O carro saltou o calombo e fez curva deixando o exército metálico para trás. Apesar da estrada comprimida entre as tabocas estar vazia, Dita Mansa mantinha o pé embaixo como se acossados.

Yarim e Dita Mansa viviam em Entreáguas, o casebre enfiado na clareira estreita que obrigava quem almejasse um pedaço do céu a olhar o alto. Borboletas revoavam evocando leques. Trouxeram-no escorado nos ombros e o colocaram em uma das cadeiras da mesa diante do fogão. A cachorra, pelos longos e claros, o seguiu cheirando suas calças estropiadas na sarjeta. Chamavam-na de Russa. Esperou que ele se acomodasse e rodopiou na caça ao rabo até acabar enrolada aos pés da cadeira feito broto de samambaia. O casebre era um único cômodo – tal e qual o Arouche –, o tamanho dentro era o que se imaginava de fora, a aparência não, se por fora o musgado fazia as paredes se apagarem contra a folhagem, dentro mandavam a clareza e o cuidado. Além da mesa onde o colocaram, dois bancos, geladeira, louceiro, guarda-roupa e a cama de casal; em uma das paredes, a estante de livros – diversas lombadas o remeteram ao gabinete de Frei Elídio; porém, mais que elas, a espingarda de caça calibre 12. Três fotografias: em uma, Dita Mansa e seu olhar de varar corpo, em outra, uma Yarim menina de inocência desconhecida e os pais montados nas pregas da samaúma[9], na última, Chico Mendes, não a clássica onde ele aparece sorridente, mas sim uma com ar apreensivo, olhando para frente.[10] O caixote de blocos de cimento com a caixa d'água em cima

9 Ou sumaúma, rainha da floresta, escada do céu, árvore da vida, mãe protetora, telefone da floresta, gigantesca, sagrada tanto para os habitantes ao redor como para os Maias, a quem servia de conexão entre a Terra e o mundo espiritual. Em certa época, estronda expelindo a água retida em seu tronco irrigando a flora que a circunda, o som das sapopemas (raízes) reverbera pela floresta quando golpeadas. Tem propriedades anti-inflamatórias e analgésicas. Eficiente em equilibrar o ciclo hormonal feminino e auxiliar nas mudanças bruscas de humor, tem sido usada em pesquisas contra o câncer. Além disso, seu algodão com alta capacidade de absorção de óleos serve para mitigar desastres ecológicos. Circula entre os ribeirinhos a ideia de que conteria uma energia capaz de estimular a humildade, a serenidade e aumentar a fé, que junto com a beleza e magnitude, lhe bastariam.

10 São 32 anos, 10 meses e 9 dias desde o assassinato de Chico Mendes; sua compreensão sobre a relação da floresta com o entorno e de suas entranhas permanece atual e a assimilação deste pensamento, urgente, e amanhã ainda mais. É preciso dar crédito aos que vêm na estrada.

do banheiro era visível através da porta dos fundos. Yarim colocou água e açúcar em um copo. Dita Mansa dividiu o caribé[11] em duas cumbucas de barro – uma para a Russa, uma para ele –, não era alta tampouco baixa, nem forte nem franzina nem velha nem nova nem harmoniosa nem disparatada, voz suave e contundente, olhar desapegado. Era o cabelo escuro que levava unido em trança sobre essa base inclassificável e sólida que a distinguia e tornava impossível deslembrar sua presença. Yarim retirou da gaveta gaze, pomadas cor de areia e o que pudesse servir para remediar os ferimentos. Além de não ter fome, Camilo entendia sua boca deslocada e o abrir e fechar doía; mesmo assim, raspou o prato tal e qual aprovaria Frei Elídio, que apesar de se encontrar de corpo ausente, havia plantado em seus modos raízes tão intrincadas que ele as julgava serem suas. Raspou a cumbuca.

Melhor ficar esperto enquanto estiver aqui, não só de noite, não vão te levar na deslealdade como os antigos, a turma nova gosta mesmo é de meter buraco na testa, em plena luz do dia se for preciso. Yarim falava, e ele não prestava atenção, as ideias aprisionadas na cama de casal, duas mulheres, uma única cama, pernas nas pernas, língua na língua, pentelhos de noite sem lua. Dita Mansa se aconchegou em Yarim e beijou sua boca. Essa é a Yarim que eu amo, a mulher das ideias, dos enredos, de botar

11 Farinha de pau + manteiga + água fervente.

porquê nas coisas; mas comigo tem dessa não, trata reto, trato reto, senão rebento a moleira. Seus lábios se espicharam em sentido às orelhas botando uma feição que Camilo não soube ler se era gosto ou desgosto. Yarim gargalhou transformando o gesto da companheira no primeiro sinal de descontração desde que o jogaram no banco traseiro do Uno cor de gema. E ele riu também. Dita Mansa enlaçou os dedos para em seguida soltá-los com um puxão. Se eu fosse você, ria muito não. Vou botar a rede lá pro seu camarada. O banheiro é fora, apontou antes de se retirar pelos fundos do casebre. Camilo agradeceu, mas ela já ia no escuro; serviu a Yarim: Não é pra gente que deve agradecer, foi Galilea quem contou que você surgiu na cidade. Então Galilea estava viva. Não apenas viva, como ainda trabalhava para a Apegada na fazenda cumprindo a sina marcada no útero da mãe, tinha para lá de noventa, ninguém sabia ao certo, possivelmente nem ela. Mantinham-na enquanto a Apegada não morria, não que a patroa fosse velha, mas ficara telhuda por conta do acidente que levou o menino e sucumbiu de vez com a desdita do marido: vestes pretas de sol a sol, inclusive na cabeça coberta. Fez Galilea apanhar o que dizia ter valor na casa, faqueiro, o candelabro italiano, botar no armário do quarto e passou na chave que tilintava no pescoço junto com as medalhinhas. Se uma for a outra vai. Galilea avisou que no dia que a Apegada despegar ela cata a alma dela e toma curso junto, não fica com aquele moleque do enteado de jeito maneira; são outras duas sem ter aonde ir, a não ser pro céu ou pro inferno, asseverou deixando claro que não enxergava destino diferente para ela e quem mais fosse. Era raro a Apegada se levantar da cama, e Galilea mal enxergava, da última vez que a haviam visto arrastava a ponta dos dedos na parede para dar o prumo. Acabou por afiar o dom da escuta – que já era estimável – e sabia do que rumoreja pela casa grande, das migalhas às importâncias. Foi assim que souberam que ele tinha ido visitar o prefeito e o que lhes dera a certeza de que estaria fodido.

Assim sendo, pareceu adequado a Camilo que a agradecesse pessoalmente, e quem sabe fosse ver o Juiz também. Yarim arregalou os olhos. O Juiz? Difícil. O Juiz por certo não se achava mais entre eles. Camilo abanou o braço que nem tivesse ouvido um disparate. Eu vi o Juiz. Ela contestou: Não creio. Tenho certeza, coxeava. Falou com ele? Não. Claro que não, mesmo que estivesse vivo, seria velho demais pra passarinhar por aí, era moço quando Galilea nem andava de gatas. Dos queridos, Camilo, não resta nenhum, a sua Arame virou mundo distante, a paisagem só faz deixar saudades, a pouca humanidade que você traz na memória não existe mais. A Russa se ergueu em um salto e roçou o focinho em sua perna, abanou o rabo e se restabeleceu sob a cadeira. Camilo preferiu não discutir, melhor buscar um outro fio que pudesse puxar, tirou a língua do buraco: E Frei Elídio? Nada sei de sua morte, ele se foi de repente. Não, você se foi de repente; te liguei, mandei cartas, até telegrama, preferiu fugir. Camilo previra a cobrança, mas se preparara para um tom magoado, não o tom duro e acusatório, sem tinta de ressentimento, com que veio. Repassara este momento inúmeras vezes, era chegada a hora de admitir que nos momentos cruciais lhe faltara o brio, mas se ouviu tergiversando: É complicado, fiz besteira, me enrolei. Desejava uma palavra de conforto, perdão sem que precisasse pedir. Não houve.

Não sei se quero falar disto agora, concluiu.

, mais ainda,

Junto a uma das paredes pelo lado de fora do casebre havia uma estrutura de troncos com amarras para quatro redes, teto de sapé, piso de chão. De suas laterais pendiam tules mosquiteiros. Saiu do banho vestido uma bata e calçando Havaianas pequenas que lhe arranjaram. Chegou ao coberto sem atravessar o casebre, circundando. Dita Mansa preparara a rede com uma colcha prevendo o esfriar da noite, o vento ondulava os mosquiteiros, a chama se alvoroçava, e a cera escorria na vela. Não se viam luzes dentro, excetuando o traço pálido na fresta da janela fechada, supôs que dormiam. O ar estava fresco. Deitou-se. O coaxar dos cururus exortava os pensares a um vagar indolente; mas, apesar da paz oferecida, o corpo moído e a estupefação com o ataque – e com sua reação – o mantinham em rodamento, desprendia pernas e braços do tecido para que esse tornasse a pegá-los. A porta do casebre se abriu, e Yarim surgiu com outra rede nos braços, se colocou de viés de forma que podiam se ouvir, mas não se ver. Daí até a aurora foi um tanto:

Reiterou que ficasse esperto, talvez presumindo que a mensagem ainda não houvesse sido bem assimilada. Não era mais com os polidos Marques de Moura que estavam lidando, com piano na sede da fazenda para o menino tocar durante a visita de uma eminência qualquer, de um parente afamado dando tempo no sem-fim, de Frei Erudito que ia filar boia fina e um vinho de mais renome que os mocosados no mosteiro, nem para o casal de guarubas metido na gaiola da biblioteca de livros não lidos.[12] Não mais aquela gente que ia à igreja com cara de cera batizar bebês de mandrião bordado em linha francesa, orgulhosos da pele translúcida e da ascendência transoceânica, nem eram do tipo que adentrava as cercas na mata virgem com a complacência de parentes e amigos em cargos-chave. Não, os Bezerra eram os novos e se portavam como os ancestrais dos finos, os bisavós, os tataravós, com corretivo marcado na pele e corpos boiando no rio, deslocavam as cercas no

12 Guarubas ou ararajubas, guarajubas, tanajubas, aiurujubas, ajurujubas, marajubas, ajurujubacangas são mais um presente da natureza. Aves amarelas de beleza ímpar que põem a palpitar até os corações enrijecidos, se encontram em situação vulnerável de extinção devido ao desaparecimento do seu habitat e ao tráfico de animais silvestres de acordo com o *Livro Vermelho* do ICMBIO 2018. Tem havido certo sucesso na sua reprodução em cativeiro, o que é boa notícia, mas o fato de estarmos extinguindo uma espécie no habitat natural, e ela se reproduzir melhor com intervenções humanas em uma gaiola, não deixa de ser um indicador de que há algo muito equivocado no modelo de vida assumido pela maioria como o melhor.

chumbo. Seria preciso ao menos umas três gerações até sentirem a necessidade de esconder as vergonhas e os dedos dos pés. Bezerra era o nome na placa de bronze e provavelmente foi isto que o arrebatou da letargia. Roubaram o cemitério, os túmulos, a mãe. Era o jazigo dos Bezerra, família de Germano, associado de Dió. Lá estão três, quem dera, quatro, ela disse. Quanto a estarem envolvidos, ela não carregava dúvidas, mas quanto ao efetivamente ocorrido ninguém ousara perguntar, contudo tinham uma ideia. Esperavam Jerônimo para o dia seguinte, iriam ajudá-lo a encontrar a mãe, depois seria melhor que sumisse. Jerônimo? Quem sabe ela leu seu pensamento ou quem sabe ele nem teria pensado nada, e ela apenas acreditou que seria lógico que pensasse, o fato é que ela cavou uma fresta no relato para colocar outro personagem nessa epopeia que ele encontrava dificuldade em apreender: Que foi? Se lembrou do retrato do velho Santo-Escritor na biblioteca do Frei? De toga vermelha pagando peitinho com um crânio na mão enquanto traduz a Bíblia? Mesmo sem enxergar seu rosto supôs que ela piscava com um único olho como lhe fazia de pirralho de modo a deixar claro que ele carecia de rodagem; e riram juntos, um riso anacrônico de afeto contido e deslocado, reminiscência dos anos de vencer de mãos dadas a ladeira de paralelepípedos. Haviam encontrado Jerônimo desacordado no igarapé[13]. A

13 Do tupi-guarani ir-r'apé = caminho de canoa (*Tupi na Geografia Nacional*, Sam-

água passando a trilha não era o Matosinhos, mas sim um igarapé no furo que o unia à Lagoa do Gentil; a vegetação se entrelaçava desde o fundo, era improvável que tivesse boiado, mesmo na maré cheia os caules seguravam o que fosse graúdo cerrados feito tarrafa. Para chegar era preciso desviar, remar e empurrar, o acaso não as alcançava. O encontraram deitado no lodo, sem canoa, barco ou tronco, não sabem o jeito que veio, mas desconfiavam que apenas não lhe faria bem lembrar. Era haitiano e possivelmente partira de lá como Jérôme. Vinha com a mulher e a filha. Desembarcaram no Equador e demoraram até a Bolívia socados em uma van com cortinas fechadas, o tempo de não poder voltar atrás – comida magra, nada de banho. Ficaram trancados em quartos sem janelas ansiando pela boa madrugada e entraram pela trilha do Gaúcho, uma trilha cara, porque – apesar de avançar sem dó pela selva, na seca dá para cruzar o córrego a pé – os bolivianos ajudam com a bagagem, mediante um extra, claro. Eram três, e os coiotes foram lhes subtraindo o dinheiro na travessia, ora um carimbo ora os policiais que armam comandos nas vias cobiçadas por imigrantes que não têm

paio, T. Coleção Brasiliana). Por ser um canal estreito e raso com vegetação densa, apenas canoas e barcos pequenos conseguem navegá-lo; corre no meio da mata e está profundamente conectado à floresta, chegando a ocupar 80% da área das bacias hidrográficas. Sua deterioração, devido à retirada de floresta e mata ciliar, poluição, lixo, ou mesmo obras de infraestrutura, tem efeito devastador na biodiversidade e no dia a dia das comunidades que se servem deles para a manutenção de seu modo de vida.

opção além de cruzar o Peru. Como chegariam a Corumbá duros, os coiotes confiscaram seus passaportes e, ao invés de serem deixados na cidade, foram levados a um campo de triagem enfiado em um sei lá onde que servia ao narcotráfico. Separaram-no da mulher e da filha criança. Essa história ele revelara a elas a conta-gotas, desde que as duas abandonaram o centro de Arame, desde que ele dera no igarapé. Vivia furtivo. Movimentava-se durante a noite, ficava entocado de dia. Livre, insubmisso e negro, não eram poucos a desejar seu pescoço. Contava-lhe isto para que não esperasse dele muitas palavras, perdera a fé nos homens. Podia aparecer qualquer dia na semana, sumir por meses, se queriam falar com ele amarravam um pano no paricá à margem do Matosinhos na altura do remoinho que para passar era preciso acercar a canoa da barranca. Haviam feito isso, Dita Mansa e ela.[14] Camilo escutava calado e escutava mal – a sova doía –, achava-se incapaz de responder, a língua vassourava a boca para morrer no vão onde ainda ontem se encontrava o dente arrancado pela cabeçada do Zelador. Yarim parecia não se importar, talvez por tê-lo dado como perdido, talvez por não sentir necessidade de seus apartes. Tamanha vida levada no

14 Aprendi que algumas árvores da família das leguminosas, como o paricá, são capazes de captar o nitrogênio do ar e fixá-lo diretamente no solo, exercendo a função de adubo mineral, não só para ela como para outras plantas ao redor. De quebra, na seca, quando florescem, a copa se tinge de amarelo com os cachos de flores que liberam no ar um perfume delicado.

sumiço, cansei de desejar saber de você, Camilo, teria dito a si mesmo se no lugar dela. Mas ela já se encontrava em outro lugar, contando outra coisa: Saber onde começou é fácil, basta olhar pra trás, difícil é prever onde terminará. Haviam quebrado a regra, uma lasquinha imperceptível, segundo ela, até por uma causa aparentemente nobre e lá estava o início. Morreu a esposa do Doutor Viriato, não eram de Arame, sem família na terra, sem jazigo, sem espaço onde enterrar no Grande. Todo mundo supunha que o último espaço restante seria destinado a Frei Elídio, coisa que se sabia, mas não se dizia. Frei Elídio fez que enterrassem a esposa do doutor no lugar remanescente. Ninguém se opôs, e quando Frei Elídio morreu, sobrou-lhe o Pequeno. A família em Arenópolis chiou, os Marques de Moura meteram o dedo, e a prefeitura se agilizou em descobrir um defunto sem parentes encontráveis sepultado em lugar nobre para ceder a vaga. Exumaram o corpo do desconhecido e o realocaram no Pequeno, estava desfeito o enrosco, sem vozeria nem espalhado. Pareceu solução. Aí entraram os Bezerra: Romualdo, o pai, amanheceu defunto no sumidouro na época que o argentino virou Papa, herdara terras no Rio Comprido, chegara sereno uns invernos antes, mas foi se alargando na brecha, se pôs a tocar o terror, apavorava e tomava. Os filhos aproveitaram para trazer a mãe, Rosa Maria, mas essa nem Deus viu, chegada no caixão, veio na carga de um desses teco-tecos que os traficantes botam para subir e descer cada hora em campinho diferente: Fecham um, rápido surge outro, ninguém sabe de onde vem e nem quer saber. Para o pai morto arranjaram também um padre, nunca tinham ido com os cornos do Vigário Miguel. Os filhos evocaram o privilégio dado a Frei Elídio, e foi preciso abrir três vagas para erguer o mausoléu. Todo mundo foi ao enterro, todo mundo seguiu o cortejo, todo mundo ia aonde eles mandavam. Veio o decreto que autorizava as remoções, a secretária da prefeitura foi quem organizou, pesquisava as famílias que não viviam mais na cidade. Diligente. Os corpos começaram a andar. Surgiram vagas antes dos novos mortos, a prefeitura encontrando desfamiliados com empenho e até uns de pouca família e nada de haveres. Corpo ia, cova vinha, os de bem andavam satisfeitos. Os evangélicos, pragmáticos, haviam aberto um cemitério no remanso e fizeram uma charrete de canos e pneus de fusca puxada por um burrico. Os convertidos se anteciparam evitando que tocassem os ancestrais partidos no catolicismo, e não houve dia em que não se viu caixão sujo de terra atravessar a cidade trepidando na charrete. No que chegou a pandemia, a prefeitura desmatou o lote contíguo ao dos evangélicos no remanso e se pôs a abrir covas no trator. Aí amainou, e o povo preferiu fazer que era passado. Um dia o Pequeno amanheceu fechado no tapume. O povo sabia que haviam sido eles, mas o décimo-primeiro mandamento em Arame sempre foi: "fala menos, vive mais". O que se passou é um mistério, de noite estava lá, na manhã seguinte não estava. Haviam mudado até o nome do córrego para Arroio das Garças, parece que no centro nem se podia chamar de Finados. Contrabandearam umas garças com pedigree da Costa Rica, de cor que nem tinha nome em português, e soltaram. Os cachorros-vinagre comeram.[15] Germano e Dió eram os donos da construtora Privilège e de uma montanha de firmas, a maioria de fachada, porque a grana forte vinha da mineração, da grilagem, da venda de madeira de lei, de plantações turbinadas no veneno, do pasto comedor de floresta e, sussurravam, de desembaraçar o narcotráfico; mas para falar disso precisava cuidado, era desonra, o resto não. Russa estirou o mosquiteiro igual espírito e foi buscar conforto sob a rede de Yarim. Ela havia mencionado três no jazigo dos Bezerra, restava um a aparecer. Era Ademar, Demar ou Demo, como ela acreditava que melhor lhe vestia, o bebezinho de Romualdo e Rosa Maria. Temo que chegarei a ele, ela suspirou um suspiro agoniado. Certamente retivera durante anos o que tinha a lhe contar e parecia não desejar deixar passar a oportunidade de descarregar o devido, estivesse ele interessado ou não, convencida de que, em se tratando dele, a chance de não haver outra chance era grande. Os antigos respeitam as vozes da natureza, Camilo, dizem que

15 O cachorro-vinagre é outro vulnerável de acordo com o *Livro Vermelho* do ICMBIO 2018.

antecipa o desenho do horizonte; a gente ri por presunção, infantilidade, porque os padres nos ensinaram que era bobagem, mas de acordo com os que existiam aqui antes, aprendemos errado, e ouvidos confiantes são maus guias. Os capazes de ouvir sabiam: a barbárie insaciável se encontrava em vias de despertar e cobriria a todos, mais uma vez, de cinzas e dor. Foram pegos de costas, buscando o que comer, abrigo para o frio da noite, perdidos nas atrocidades do governante patife, atordoados pelas cagadas menores que os assolavam dia a dia aos borbotões, enquanto as relevantes fermentavam no conforto. Os filhos de Romualdo Bezerra e uns capangas passaram a zanzar por Arame, caminhonetes com vidros filmados, gente da pior espécie nas caçambas. A chuva andava mirrada, o trabalho andava seco. Tem quem afirma que o motor deste país é o progresso, mas sempre foi a fome, ela disse. Durante o governo do vampiro, correra na cidade a história do frigorífico sendo montado em Marcelândia, abundância de empregos. Zé do Beirão e os filhos foram, os Cariobas também, e contaram histórias de fé em carta aos familiares que repassaram aos amigos. No estômago sabiam que não seria oferecido nada diferente do de Arame; a maioria dos moradores de Arame, ou os pais, era feita de deslocados, mas o que seria da humanidade sem suas míseras ilusões? O frigorífico mandou onze ônibus fretados durante dois meses para recolher os interessados. No fim trabalhavam lá o de sempre, nas mesmas condições e ganhando a mesma merreca, podiam queimar todas as terras e cobrirem de grãos, jamais lhes dariam além do necessário para voltar no dia seguinte; entretanto estavam vivos, havia o que comer. E as ilusões. Outros limpavam as economias para pagar os balseiros. Iam a São Pedro da Curva sacar das poupanças no Banco do Brasil ou arrebentavam os potes de barro com uma vida de dinheiro acochado entre o sal e o açúcar e subiam o Matosinhos sem linha, arrastavam os pertences até a Ponta do Calhau durante a noite e tinham até o segundo apito para carregar a balsa, jogavam colchões, geladeiras, sofás, trouxas, ferramentas, mudas curativas, velhos, crianças e cachorros nas balsas e sumiam nos meandros do rio na maré alta. Ficou comum ver as balsas zarparem e móveis ainda devidos nos carnês caírem na água de mal colocados ou serem abandonados na margem para os moleques que ganhavam uns trocos da jagunçada apanhar. Os atrelados aos Marques de Moura tiveram um mínimo de proteção, afinal, Diógenes Pai desgostava de gente metendo a colher em seu prato, mas durou pouco. Diógenes Pai pressionava, ameaçava, sufocava, aprovava leis, apelava nas cortes inferiores e superiores, interpunha embargos, levava na bacia das almas, mas grilagem, não. Inadmitia que o chamassem de grileiro do mesmo modo que os novos não toleravam que os chamassem de traficantes – fazia o certo, punha destaque, na lei, inclusive as leis que fazia – e por isso mandou Severo, Adonias, Tonho e Zé Quinto madrugarem na casa grande com cinco cavalos selados. Arrastava da véspera um travo na garganta, uma embolada na ousadia, desde que soubera que o assunto da boca pequena – a cerca esticada nos limites da Fazenda Valença com a reserva – se avizinhava da capital estadual e perigava chegar na federal. Não contavam história de cerca invadindo o terreno da União – uns míseros metros mordidos eram ossos do ofício, tarefa difícil alinhar a divisa com perfeição –, mas que invadia despudoradamente a área da reserva até o rio e que os peões haviam tocado fogo de tal maneira que a fumaça podia ser vista comendo os céus de Vila Jorge a três horas montado dali. Sim, a ordem de esticar a cerca foi ele quem deu, porém não gostava de exageros. O trabalho estava a cargo do filho Dió. Carecia saber qual desarranjo o diabrete aprontava daquela vez e botar fim na irresponsabilidade. Montaram com o sol beliscando o topo do morro e foram cruzar a porteira da Valença com ele a pino, hora em que as sombras redondas dos chapéus somem sob as barrigas dos cavalos. Os cascos faziam subir as cinzas, a terra fumegava, o pau era carvão, e foi preciso cobrir bocas e narizes com lenços para respirar. De olhos ardentes cavalgaram de encontro às chamas, os cavalos refugavam e avançavam nas esporas e no chicote. Daí ninguém sabe, ninguém viu. Segundo Adonias, o homem mandou aguardar; Severo alegou que se perderam; Tonho contou dos diversos trajetos e que a ordem foi que cada qual tomasse um e se juntassem adiante; Zé

Quinto não lembra direito, muita fuligem. O cavalo de Diógenes Pai voltou; Diógenes Pai, não. Tem quem afirma que tiraram o homem do charco mais esburacado que lata de alvo. Mas o que dizem é só o que dizem, não quer dizer nada, o fato é que o filho se apossou do butim, até do cargo – vice do pai que nem esquentara a cadeira –, abotoou de vez a Apegada na cama, Romualdo Bezerra era morto, nomeou novo delegado, jantou o magistrado e foi tratar dos afazeres com Germano e Ademar. Dió herdou a prefeitura, foi reeleito e ainda arrastou o Germano de vice. Camilo sabia, impossível não ver a profusão de lambe-lambes surrados colados um ao rabo do outro emporcalhando os muros da cidade com a foto do candidato e por trás o outro sujeito sombriamente cordial – que não diferia das que se acostumara a ver nos períodos eleitorais de toda uma vida: "Prefeito Desafeto e Vice Bezerra" – e, apesar de começar a lhe provocar engulhos cada vez que a dupla era mencionada, nenhum novo disparate lhe falava naquele momento além dos que se via imerso: o túmulo da mãe, a surra tomada, uma cama para duas mulheres. Não juntaram uma dúzia de pessoas sequer no protesto contra o fechamento do posto do Ibama, aceitaram vexados a troca do delegado, nem repararam no jipe do exército sumido das ruas e das estradas e no ronco do motor fumarento do bote deles calado nos rios – ainda aconteciam operações, porém a imprensa não era bem-vinda, e não se faziam fogueiras de equipamentos ilegais apreendidos como antigamente. Os militares haviam sumido de vista – da região jamais, desde que se acreditaram donos da floresta, estavam prestando serviço: para quem, ela tinha dúvidas –, mas se seus interesses fossem atingidos se assomariam feito cupins que ambicionam a lua na primeira noite quente da primavera, disto ela tinha certeza. Não que acreditasse que Arame fosse o céu, os conflitos haviam sido deflagrados, e não veriam fim enquanto os que chegavam acreditassem que para se beneficiar da floresta era preciso ter a floresta, mas estavam em uma paragem, na hesitação das folhas entre as ventanias. Acontece que os novos querem superar os anteriores – parece que só sabem ser assim – e em algum momento as coisas tornaram a degringolar. O mosteiro perdera a serventia, o número de fiéis rareava, os Salesianos tinham há muito desistido de Arame. A Missão sobrevivera aos trancos e barrancos por teimosia de Frei Elídio, aí ele morreu, e a Diocese não enviou substituto. Vigário Miguel – o órfão – permaneceu na igreja mesmo após o fechamento do mosteiro, uma espécie de faz-tudo e protegido de Frei Elídio, um pouco como Camilo em seu reinado, mas com vocação eclesiástica – e vontades –, assumiu os trabalhos à sua maneira. Oficiava missas, elaborava sermões determinado a reaproximar a religião da comunidade, dos pequenos produtores e dos assentados que andavam desgarrados. Ela não trabalhava na igreja desde que voltara de Imperatriz, se desdobrava entre a UBS, a Policlínica e a casa das gentes, apesar de ajudar o Vigário Miguel no Centro de Acolhimento montado por ele no espaço desocupado do mosteiro e na sede da Associação Comunitária nos assentamentos. Dita Mansa foi das primeiras atendidas no Centro de Acolhimento. Em trinta anos, pousara em incontáveis beiras de rio e de estrada, não era filha do chão e sim das tábuas sobre as águas, gente de raízes soltas que pegam do vento, orquídeas de tronco, deixava história que não vinha ao caso uma vez que preferia esquecer e que não diferia da de tantos, uma pilha de ossos à espera de mais ossos que sonhavam em vão sepultar. Foi acolhida durante uns meses na igreja e depois na cama de casal que agora ficava no canto do casebre. Mulheres dormindo juntas em Arame? Moderno – Camilo, que invocara o direito ao silêncio, deixou escapar. Te incomoda? De jeito nenhum, respondeu, o que não passava de meia verdade. Nem saberia dizer se lhe incomodava que Yarim gostasse de mulheres, não chegara a este ponto, lhe incomodava a impressão de que todos tinham alguém, e ele não; de que Dita Mansa a tinha, e ele não: imagino o alvoroço que devem ter causado neste buraco. A bem da verdade, ela disse, apesar dos costumes toscos que você conhece, muitos não se importaram; se sobram dores e faltam condições as pessoas se tornam mais compassivas, mas nos apoiar em público nem pensar, isso seria afrontar os que nos creem pecadoras, Felipas de Souza redivivas mais ao norte, ou pior, os que precisam chicotear as costas à noite porque morrem de tesão ao imaginar duas mulheres trepando.[16] Te incomoda eu haver perguntado? De jeito nenhum, ela respondeu, só me surpreende que de tantos sucedidos,

16 Em junho de 1591, desembarcou na jovem Salvador o Deputado do Tribunal do Santo Ofício de Lisboa Heitor Furtado de Mendonça para inaugurar a Inquisição na América Portuguesa. Foi-lhe ofertado por parte dos temerosos apoio incondicional. Todos os habitantes da cidade e arredores tinham o dever de denunciar quem houvesse atentado à santa fé católica. Considerando a metodologia adotada, confissões e delações, como forma de elucidação dos crimes cometidos, torna-se questionável a asseveração do real, comprometida pela sanha de uns e o desespero de outros, portanto no lugar do ocorrido nos resta o contado sob vara – não pretendia me estender nos meandros, mas não pude me furtar de lembrar o método. Felipa de Souza (Tavira, Portugal, 1556 – Brasil, c. 1600), 35 anos na época, foi dada ao Santo Oficio por outra portuguesa, Paula de Sequeira, que já se encontrava sob o jugo da Santa Inquisição – era dela o livro *Diana*, do português Jorge de Montemayor, constante do *Index Librorum Prohibitorum*, uma história de amor entre duas mulheres. A partir de Paula de Sequeira, o diligente Santo Ofício encontrou, com seu empenho em preservar a família e a moral, vinte e nove mulheres acusadas de "pecados nefandos" (sic). Diz assim no processo mantido e disponibilizado pelo Arquivo Nacional da Torre do Tombo em Portugal: "*Felipa de Souza se fechou em u'a sua camara co' ella confessante um dia despois de jantar pella sesta, ella começou de falar muitos requebros, e amores, e pallavras lascivas millor ajnda do que se fora um rofiam a sua barregam e lle deu muitos abraços, e beijos, e emfim a lançou sobre sua cama e estando ella confessante lançada de costas a ditta Felipa de Souza se deitou sobre ella de bruços com as fraldas dellas ambas aregaçadas, e assim co' seus vasos dianteiros ajuntados se estivera'o ambas deleitando que a ditta Felipa de Souza que de cima estava comprio e assim fizeram u'a co' outra como se fora um ome' co' moller*". Felipa foi a figura central do PowerPoint do inquisidor e sua pena foi a mais rigorosa, ouviu-a na presença de grande público na igreja da Sé de modo a garantir a humilhação, foi açoitada no pelourinho, pagou as custas do processo, para depois ser expulsa da capitania e não haver mais nenhuma linha que dê conta de seu paradeiro. A ofensa, tal como a beleza, também está nos olhos de quem vê. O nome de Felipa é hoje lembrado por instituições e prêmios que lutam pela causa LGBTQIAP+, uma vez que não foi evitado que ocorresse com ela tamanha atrocidade, que ao menos se lute para que não se repita. Paro por aqui para retornar ao livro, pena, este assunto me parece inesgotável como a incapacidade do ser humano de aprender com o passado.

este seja o que te desperta interesse. Ele se calou. Os pensares dela eram moldados no barro assado enquanto os dele se desmantelavam antes que conseguisse botar fora uma frase sequer. Devia a ela uma resposta que não possuía, então lhe deu uma ausência entrecortada por duas respirações de quando o que se pensa é irrelevante. Haviam se distanciado em demasia. O que viveram e chamavam de memória pertencia a uma vida anterior, ocorrera um rasgo. O juntos se foi, outros dois continuariam dali. Yarim parecia não se importar, falava com calma e mostrava a clareza de quem mastigou em demasia o que teve de engolir: não havia trabalho específico no Centro de Acolhimento, fazíamos o precisado – assistência social, espiritual, educacional, moral, jurídica, maternal, agrícola, técnica, conjugal –, partilhávamos o que tínhamos e corríamos atrás do insuficiente. Nem precisou dizer o quanto este trabalho não era do gosto dos fazendeiros, mas os Marques de Moura eram católicos fervorosos e os ancestrais contribuíram para o mosteiro, bem como retornavam ao pó empilhados no cemitério Grande; já os Bezerra, apesar de também católicos – porém sem nenhum pudor quanto a uma virada de casaca –, tinham trazido a mãe de qualquer canto e erguido a tumba faraônica para ombrear com os Marques de Moura, então deixavam o Vigário Miguel trabalhar; tendo, entretanto, que lidar com reprimendas veladas e espetadas travestidas de gracejos. O Vigário Miguel se fazia de sonso e levava adiante o trabalho. Enquanto der, dizia. Enquanto der. Dita Mansa se juntara a eles e, sem apoio nem mando, meteram a mão na massa. Para o lugar dos que se foram, vieram outros atraídos pela grana da mineração ilegal e do contrabando de madeira e drogas. Grana quente, vai tão veloz quanto vem e só presta para atiçar os vícios, ela disse. Sobrava trabalho, faltavam recursos, e quanto maior a falta de perspectivas, maior o campo de semear o trigo celestial. Novas franquias de templos despontaram em cada esquina como cogumelos na bosta após a chuva. Os indígenas vinham sendo dizimados desde que a primeira vela tremulou naquelas costas. Escravizados até a míngua, ludibriados, traídos, divididos, destroçados por pragas contrabandeadas e enfrentando um perverso apagamento. Cinco séculos. Os sobreviventes foram se deslocando para o interior, para o poente, para o Xingu. Ainda se viam em Arame uns raros descendentes extraviados, agarrados à mesma boia que pessoas de cantos diversos cooptadas pela obstinação dos fiéis de terno e gravata ou saias longas na quentura melada de trinta e cinco graus que apontavam a Bíblia e disparavam as ordenações do evangelho ao passarem defronte ao terreiro de Mãe Zoá e da casa de reza da Selma e do Martino. Se estes remanescentes ou os que carregavam guias de orixás no pulso e no pescoço se aventuravam no centro, eram recebidos por pessoas que, ao vê-los, faziam o sinal da cruz aos gritos de xô, Satanás. Entretanto, qualquer Bezerra, Romualdo, Germano ou Demar era recebido com passividade e até mesuras, prova de que tementes a

Deus podiam não ligar para o que ele iria pensar se esculachassem quem não partilhava da mesma crença, contudo ficavam pianinhos perante o Cão encarnado. Certo dia deixaram um penico sujo equilibrado na mureta entre o mercado da Selma e a casa do Pastor Silas, não se sabe quem, nem a real motivação. O pau comeu. Queimaram a casa de reza do Martino e da Selma, o terreiro da mãe Zoá e a Associação Comunitária nos assentamentos, tombaram carros velhos, pneus e latões na ponte do Cocal e na dos Cabritos para os de fora não virem. Caminhões desequilibrados por árvores ancestrais passadas na serra ou com as gaiolas abarrotadas de gado prensado rumo ao abatedouro qual sardinhas mortas começaram a se aglomerar nas passagens dos rios, ônibus não chegavam nem partiam. No posto não restava gasolina nem para roçadeira. De quebra, tacaram fogo na casa do Tenório que se recusava a vender seu roçado ao suíço que circulava na área com o advogado alto e engomado de São Paulo a tiracolo. Fogo em cima de fogo. Durante três dias as chamas se fartaram no dossel da floresta, as brasas se alastrando feito maledicência. Motoqueiros rodavam o centro atirando contra o céu, comércios não abriram, moradores se trancaram. No domingo Yarim esperou a hora da chuva, se meteu embaixo de um plástico de lixo preto aberto ao meio e foi encontrar o Vigário Miguel na igreja. Dita Mansa tomaria conta das crianças da vizinha até ela regressar e, se sentisse segurança, viria ter com eles. O medo guiava, mas era forçoso que tivessem calma, precisavam ser práticos. O Vigário Miguel havia posto a água do chá, começaram a anotar medidas possíveis sentados à mesa da toalha xadrez. Se o que ela havia dito até então lhe chegara feito lanternas na bruma, agora vinha cristalino, ela passou a falar com a voz contida e entrecortada, como se deitasse um saco de areia a cada palavra. A aldrava soou. O Vigário Miguel abriu a porta e um soco no queixo o levou a nocaute. Era Demar, o Demo, mamado de secar bica. Carregava um porrete e um revólver na cintura. Xingava e praguejava. Insano. Arrastou o Vigário Miguel pelo colarinho até a igreja, ordenando que Yarim viesse junto, trancou o Vigário Miguel na sacristia e a fez se deitar no altar de barriga para baixo. Não levanta vadia, não levanta, o filho da puta gritava, e ela procurou acompanhar seus movimentos com os rabos dos olhos, sem se mover. Ele sumiu da vista para reaparecer às suas costas. Camilo conhecia as minúcias da igreja, o trecho em que a luz incidia a cada instante, na chuva e na seca, se penetrava através da porta, da claraboia ou dos vitrais acima do retábulo; trinta e sete passos – de criança – através da nave até o púlpito, quarenta e oito pessoas espalhadas nos quatro bancos de cada lado e outras tantas em pé nos dias festivos, quinze a vinte nas missas de sol, pouco menos nas de chuva; a cortina do confessionário pendia para a esquerda, faltava um gancho; podia até distinguir os diferentes desgastes nos genuflexórios; o altar era estreito e o púlpito centralizado, o piso recoberto pelo tapete violeta recendendo a barro e mirra, e Yarim deitada nele teria os pés suspensos além do degrau. Viu o homem montado em suas coxas, as calças abertas. Yarim viveu o peso daquele corpo nas pernas até Demar se agarrar ao púlpito, tentar se erguer trôpego e tombar com os braços abertos no altar. O sangue grosso tingiu a gola de sua camisa em uma piscadela. Dita Mansa arrebentara a santa do holandês na cabeça dele. O escroto já era. Soltaram o Vigário Miguel da sacristia, se havia algo a fazer teria de ser logo. Fugir era fora de cogitação, com as pontes bloqueadas e sem os ônibus não iriam longe. Cogitaram enterrar, jogar no mangue, mas se ele tivesse contado aonde iria ou tivessem visto a caminhonete não teriam escapatória, sem contar a mancha delatora de sangue no tapete. Daria dois na Honda Biz do Vigário Miguel, os balseiros vinham trabalhando no Cocal, com sorte encontrariam ao menos um, com sorte a gasolina bastaria para chegar a São Pedro da Curva, com sorte encontrariam sem demora um ônibus a caminho do sumiço, com sorte demorariam a desvendar a sina do Demo. Com sorte. Precisariam de muita. E apenas dois na Honda Biz. Decidiram, o Vigário Miguel iria só. Dita Mansa e ela atravessariam o Pequeno e pulariam o muro, esperariam escurecer – faltava pouco – e subiriam o Finados alcançando a casa onde viviam por baixo no escuro. Com sorte não as veriam, não as teriam visto ou notado a ausência delas. Discutiram para dar destino à espingarda de Frei Elídio, empurra, empurra, ficaram com ela, e o Vigário Miguel partiu na Honda Biz. Germano alucinou quando soube do Demo rachado pela santa cabeçuda no meio da igreja. A prudência impôs a elas meses silenciosos na casa do centro, estremecendo ao menor rangido do portão, na queda de cada graveto, depois juntaram as economias, compraram Entreáguas e o Uno cor de gema e lá estavam, haviam dado sorte. O Vigário Miguel tinha prisão decretada e os homens do Germano na cola, o delegado meteu a foto dele até na Interpol, estava sumido, enfurnado em alguma birosca no meio do mundo. Espero que o Deus que ele tanto preza não faça o Jó com ele. Ela disse.

Os sapos não coaxavam mais, o vento desistira de soprar, e a noite entregava o silêncio maciço. A vela se extinguira. A despedida se dera pelo balançar da rede e o ir e vir do mosquiteiro. A Russa junto.

depois de tudo mais.

O momento mais impressionante na floresta para quem vem de cidade grande é o despertar, a vibração espessa do isolamento reafirma a precariedade da vida antes mesmo de que se possa abrir os olhos e retomar a consciência. O sono amanheceu insuficiente por conta do alvoroço dos contados de Yarim, mas o calor cozinhava sob o coberto. Moscas zumbiam e se chocavam contra o mosquiteiro onde umas poucas mariposas se haviam esquecido. Camilo tentou reconstruir o que se dera e acreditou que, do meio da escuridão, ela teria lhe desejado que dormisse bem, ou algo parecido, uma vez que na aurora a noite se faz memória.

Deu a volta para acessar o banheiro – por aquele lado do casebre, era preciso atravessar a pinguela sobre o barreiro perene alimentado pelo olho d'água –; porta fechada por fora com o barbante enroscado no prego significava desocupado. A bata teve de ceder lugar às roupas sujas – sem chance de lavá-las, nem outras para se vestir –; deu trabalho conferir uma mínima decência à aparência molambenta: umedeceu os cabelos na pia e se penteou, fez a barba com o aparelho largo e cor-de-rosa – habituado a pelos particulares – e o sabão de coco encontrados no chuveiro, e adentrou o casebre com uma porção de micropedaços de papel higiênico colados no queixo para estancar a profusão de cortes autoinfligidos. Yarim tinha pressa. Jerônimo fora descolar uma rabeta, seria vagaroso quatro subirem tanto no rio em ubá de tronco único.[17] Te apruma, é já, pra voltar hoje. Enfim ele conheceria o afamado Jerônimo. Dita Mansa cortava pães ao meio, lambuzava com mel de tiúba[18], esparramava a carne de lata e embrulhava no papel de padaria. Se quiser botar ele na imaginação, pense num homem porrudo, liso feito maracajá, de sabença de peixe-boi e bote da pico-de-jaca, é como os da terra falam dele depois dos anos capeado na mata sob suas graças por matar dois filhos d'égua nas mãos nuas e fugir do campo onde enxadava preso na corrente.[19] As duas riram, viam Jerônimo por sobre seus ombros, a menos de um palmo de

17 Rabetas são motores com uma vara longa que mantém a hélice distante do barco e favorecem o uso em águas rasas. O motor nomeia o barco. Ubá = Canoa indígena feita de uma peça inteiriça de árvore: tronco cavado ou casca.

18 A tiúba (também chamada de "tujuba") é uma abelha nativa do gênero *Melipona* (sem ferrão ou com ferrão atrofiado). Grande produtora de mel, exerce papel importante na polinização do açaí e do urucum. Encontrada nos estados de Tocantins, Pará, Piauí, Mato Grosso e Maranhão.

19 O gato maracajá e o peixe-boi se encontram em situação de vulnerabilidade de acordo com o *Livro Vermelho* do ICMBIO 2018, a serpente surucucu-pico-de-jaca, ainda não.

suas costas, crânio liso, zero barba, zero fios na pele untada de óleo de andiroba[20], correia do rifle riscando o peito, facão embainhado na cintura, direto dos relatos do Juiz. Camilo se deslocou em um salto – a Russa rosnou. Ele deu ao visitante uma saudação acanhada e estendeu mais uma vez a mão sem certeza de contrapartida. Jerônimo apertou a mão com força desmedida e não devolveu palavra. Café? Yarim empurrou a térmica, enquanto colocava o que tirava da mesa na bolsa de lona.

Os pés deslizavam no acesso ao igarapé, no folhiço fofo e apodrecido de marrons. As dores da surra de ontem reavivaram nas juntas, pontadas e fisgadas a cada músculo contraído. Jerônimo os auxiliou a montar no barco. Uma espécie de lírio botava flores e, antes de soltar a corda, ele admirou a estrela branca com miolo na cor do abacate e formato de dedal; em outro caule a mesma flor era gota leitosa prestes a rebentar; e, no terceiro, a flor morta se transformara em manto furta-cor. Deu às três o mesmo interesse, e desviou a lateral do barco com os pés no sentido oposto de modo que não as arrancasse ao partir. Em pé na proa manejando a zinga[21], com a ponta rabiscando o ar antes de apoiar no fundo, em uma raiz ou nos troncos das

20 O óleo da semente de andiroba funciona como repelente natural e é utilizado para este fim por diversas comunidades indígenas.

21 Vara comprida com que se impulsiona embarcação miúda (canoa, jangada etc.) em águas rasas; varejão. (*Dicionário Houaiss*)

árvores, fez o barco serpentear entre as balizas do igarapé – se não havia jeito de evitar ramagem baixa, Jerônimo batia nela com a zinga para garantir que aranhas e cobras caíssem fora do barco, não sobre eles – até saírem das sombras. Passou as pernas extensas por cima de todos se acomodando na popa e com uma única puxada no cordão fez a rabeta roncar. Pares de olhos bojudos e periscópicos seguiam o barco na superfície, e os corpos dos tralhotos ziguezagueavam embaixo.[22] Alcançaram o Matosinhos. O rio se alargava feito funil às avessas, a mata ribeirinha erguendo paredão verde nas margens alagadiças. Yarim trouxe para ele um boné de pala exagerada e com uma franjona feita para proteger a nuca dos incautos. O mormaço, o rugido constante do veterano motor dois tempos e os respingos na cara impeliam à vagueação.

Navegaram o bastante para que mudasse de posição diversas vezes, até se esquecer que tinha corpo, até se esquecer do que buscava. Um jacaré-açu observava a circulação desde a margem. Araras-azuis sobrevoaram o barco para pousar nos galhos do ipê, uma, algumas, dezenas. Mulheres lavavam roupas. Uma menina descia a barranca, trazia no cocuruto uma trouxa maior que a própria, os shorts abanavam nas pernas de taquara, apesar

22 Tralhoto, peixe bizarro com os olhos proeminentes sobre a cabeça que enxergam dentro e fora d'água. Nadam velozes rente à superfície. Gostam de correr atrás de barcos e de deslizar na lama.

de mirrada se sobressaia às duas mais velhas que esfregavam panos em água corrente; suas roupas tinham cores, as delas não. Virou-se, derrubou a trouxa assim que escutou a rabeta, e acompanhou o percurso do barco e a marola-vestígio movendo o rosto apoiado nas mãos. Quando a rabeta estava prestes a desaparecer na distância, ergueu o braço e se despediu. Yarim baixou o queixo ao peito e esfregou a nuca sob os cabelos em um gesto que parecia destinado a desengrumar o pescoço. Ela ia na proa, meio de lado, as coxas descoladas do banco suspensas nos pés em ponta, rugas se formavam nas extremidades dos olhos molestados pelo sol no leito do rio. Lambeu os lábios deixando brilho. A beleza que o cativara na infância se fazia visível para além da casca da idade. Jerônimo mudou de posição fazendo uma sombra correr a embarcação. Camilo evitava encará-lo intimidado pela sustância que no outro sobrava e nele faltava; a passagem da sombra o desligou de Yarim e o levou ao olhar fixo de Dita Mansa sobre ele, do mesmo modo que botara em sua mulher. Sorriu constrangido. As águas se tornaram barrentas, sinal de dragas clandestinas revolvendo o leito do rio adiante. A rabeta encostou no atracadouro flutuante de pranchas atadas a tambores-plásticos-azuis-de-combustível-vazios no início da rua de terra. Sacos e garrafas PET se enroscavam à estrutura devolvidos por correntes e marés. Jerônimo laçou o toco preso ao atracadouro e trouxe o barco recolhendo a corda até baterem no pneu que servia de defensa, amarrou-o alinhado a outras três rabetas. A placa grosseira indicava a chegada à currutela de Luciena.[23] A rua era um corte reto no verde, sem transversais. Uma criança descalça e peito nu perseguia a roda de bicicleta que ela mesma botava a correr quando a alcançava. Deixaram a criança passar e subiram a rua de construções similares, pranchas pregadas em ripas cobertas de telhas de amianto e parabólicas; o que atribuía distinção eram os escritos nas fachadas em letra escorrida dando o que se podia conseguir em troca de ouro: hotel, mecânica, ferramentas, mercado, bares, boates e bares-boates frequentados pelos garimpeiros. Bicicletas diante de todos, cachorros estropiados e leseirentos na maioria. Geradores velhos rugiam. O lugar procurado se revelou no final da rua, passada a Toyota Bandeirantes estacionada de viés, depois da vala, dos urubutingas almoçando carniça – era o local que as vozes amigas de Jerônimo haviam indicado, a morada do homem do caminhão, da história que pululava nas bocas falantes da mata, pois o homem nem fizera questão de esconder o feito –, a casa terracota de dois cômodos, não mais, fumaça de fogão de lenha, o coberto de Brasilit com portão de garagem e a caixa d'água azul acima dos cedros sustentada pela torre de toras, roçado de milho, uma vaca

23 A palavra *currutela* tem seu significado torcido como as curvas das estradas e dos rios que a carregam, podendo designar de um vilarejo a um prostíbulo; não costuma deixar de ser o primeiro e se supõe que contenha o segundo. Sua origem tem a ver com arraiais surgidos na beira das matas que serviam de base aos garimpos.

pastando no capim alto, galinhas. Em um recorte marrom sem nenhum bocado de grama germinando, três lápides. As vozes amigas sabiam. Junto ao fio de água, a mulher sentada no balde de alumínio emborcado não mostrava nada além da cara enrugada de sol, tinha os cabelos envoltos em pano, o corpo encoberto na toalha de mesa florida vestida à guisa de xale, outro pano estendido a seus pés com a pilha de mandiocas descascadas da altura de um cupinzeiro da qual retirava uma de cada vez, esfregava no ralador de pau rugoso feito carapaça de tatu e despejava a polpa no pilão do monjolo. Como um sanhaço que se banha, ao perceber a aproximação de estranhos, firmou os olhos neles; a mão do hábito arrastava a caneca no regato e vertia a água na massa pilada. Os cachorros dispararam latindo. O homem magro e forte surgiu na porta da casa, o chapéu de abas largas cor de uva mantinha a cara sombreada impossibilitando decifrar nas feições se seriam bem-vindos, aguardava estático o avançar lento das visitas escoltadas pelos cães que haviam parado de latir, mas insistiam nos dentes expostos. O homem mantinha as duas mãos no batente mostrando não portar coisa alguma, e Jerônimo deitou o rifle no chão. Os cães dispersados buscaram sombra. A mulher reassumiu as mandiocas. Camilo ia falar, Yarim intercedeu. Desejou bom dia com a voz calma e baixa de quem pede um copo de água fresca, antes de tocar no pretendido: talvez o senhor possa nos ajudar, somos de Arame. Há poucos meses uma coisa estranha aconteceu com o cemitério, e esse rapaz está desconsolado porque não encontra o túmulo da mãe. O homem uniu as pálpebras e as manteve estreitas como se tentasse enfiar fio destorcido em buraco de agulha, até que o estouro de um escapamento de moto o trouxe de volta. Tinha entre os dedos o cigarro de palha meio fumado, chuchou o tabaco com a unha comprida e cascuda do mindinho e ardeu o fósforo. No que se pôs a falar, o fez com o pito agarrado na junção dos lábios. Chamava-se Ezequiel e puxava o ar afobado no início das frases – tirava o pito com as pontas dos dedos, tossia e tornava a fixá-lo no lugar. As palavras jorraram aos borbotões por retidas em excesso.

Estava esperando, só não sabia se gente, Deus ou o próprio Tinhoso, disse largando no ar se lhe suscitavam temor ou alívio. Fora tirar terra, nada além. Dava um dia e meio de viagem até lá, o caminhão chegava apenas pela BR, tinha de dar a volta grande, podiam ter pegado alguém de Arame, mas vieram até ele e mandaram que fosse. Foi em um domingo, ordenaram que esperasse na ponte, esperou. Cheguei e achei gente nenhuma. Cochilava recostado na boleia até que bateram no vidro, seis no meio da noite, homens do Germano, fuzil, escopetas e lanternas. Antes do sol. Fui tirar terra, juro. Uma fedorentina de lascar, pau quebrado, corpo e osso, tudo embrulhado na terra, a cavadeira rastelou tudo, tudo junto. Tornou a cerrar as pálpebras. A Vó Graça, o Vô e a Tia junto, tudo lá, lá no meio, tudo junto, a família da mãe era de Arame, agora estão aí, e então abriu os olhos e apontou as três lápides no quintal. Gritaram pra eu levar, encruei, os pés enraizaram, não mexia, queria jogar a tristeza fora, mas tinha muita bala ali, e eu fiquei seco. Gritaram pra levar, e levei, não cabia dizer "não". Fez saberem que, apesar da pressão que os capangas botavam, carregou o caminhão com cuidado. Seu semblante era de desconsolo, a umidade se juntava no canto do olho. No fim me deram cem contos, o sujeito atochou no bolso das minhas calças e deu tapa no meu ombro, dinheiro borrado, cem contos. Vai, vai embora. Gente maldita. Dos infernos. Mas, mesmo na raiva e no medo, pedi pra levar as pedras. Eles acharam foi é bom, botei por cima. Não piso mais em Arame. Conseguiu separar os corpos? Perguntou Camilo de chofre apontando os três túmulos. Ezequiel se achegou, os braços em arco criando um casulo ao redor deles. Mal se ouviu. Tem só umas partes, nem sei o que de quem, mas a mãe confia que estão aí – a umidade se avolumou em gota e desceu veloz ladeando o nariz até sumir nos lábios. Dita Mansa expandiu os braços do mesmo modo e recebeu Ezequiel neles.

Ezequiel tirou de ré do coberto com portão de garagem o caminhão Mercedes-Benz MB 1513, ano 71, com carroceria de pintura luzente feito céu da manhãzinha. Dita Mansa e Yarim se acomodaram com ele na boleia, Camilo e Jerônimo, na caçamba. O caminhão prosseguiu de ré uma vez que não havia lugar onde manobrar um veículo daquele porte, mas Ezequiel aparentava ser capaz de guiar o mastodonte com o mesmo desembaraço em qualquer sentido e vendado se fosse preciso. Encaixou com precisão o 1513 na porteira entre dois pau-d'arcos de porte idêntico para executar a manobra, um dos cachorros os seguia desde a casa – o preto e alto com as patas e o fuço alaranjados –, deu um salto apoiando no para-lama e alcançou com as patas dianteiras a borda da carroceria, acrobacia na qual parecia ser experimentado. Jerônimo o trouxe adentro agarrado pelo cangote, e o cachorro se aninhou em suas pernas cruzadas. Ezequiel pitava de cotovelo fora da janela, e a fumaça alcançava os de trás. Camilo remexeu os bolsos em busca do maço, ofereceu a Jerônimo que recusou. O 1513 rodava – e deslizava – na lama que dava pinta de que não secaria nem sob sol raivoso, extrapolava a largura da pista, e as folhas fustigavam o braço de Yarim na janela. Na seta de pau indicando a BR em frente, quebraram à esquerda. A caçamba batia. Na vila abandonada, as escamas ressecadas cravadas pelas cabritas na pele das seringas indicavam que um dia tiraram sustento delas;[24] cinco construções, nenhuma com telhado, portas e janelas apartadas dos batentes disputavam o barro com baldes, placas multiformes de isopor e geladeira enferrujada. Atravessaram e pararam à beira do braço de rio. Ezequiel puxou pela corda grossa de nylon a balsa de toras esburacadas que boiava amarrada entre as duas margens. Sugeriu

24 Cabrita: faca de sangria do seringueiro; seringa: seringueira.

que atravessassem a pé. Da outra vez foi de caminhão cheio porque não viu jeito. Não sabia se aguentaria de novo. A picada na margem oposta dava sinais de ter sido recém-alargada a golpes de facão, foice e para-choque de 1513 e levava ao lago circular cor de jade repleto de vitórias-régias. Um fio de água minava no granito e o excesso escorria sereno pelo leito de seixos que se perdia no meio da vegetação. Ezequiel tinha ajeitado o recolhido do cemitério com cuidado, um retângulo extenso de terra com bordas arredondadas e o topo plano na altura dos arbustos, como cortado a golpe de lâmina. O terreno fora capinado dois passos no entorno. Na relva, entre uma das faces e o lago, dezenas de lápides similares fincadas qual fileiras de dominó. Os visitantes se calaram incapazes de botar na boca o que os olhos diziam. Queria enterrar, sozinho não consegui, aí ideei assim, mereciam paz, respeito e boniteza. Camilo passou entre as lápides até encontrar Carmo dos Santos, 1958–2005. Ajoelhou-se no espaço exíguo, a testa no chão. Ali jazia o único vínculo que tomava por real, mesmo que tivessem se visto pela última vez há mais de trinta anos. Largou o resto do corpo, e o nariz ficou espremido na terra. O ar circulava curto pela boca. A posição, o calor e a sobreposição de sentimentos minavam sua capacidade de respirar. Encontrava-se a ponto de colapsar e lhe visitou a alucinação do irmão perdido naqueles dias de trancas e sussurros. Trinta e sete passos através da nave até o púlpito, cortina do confessionário pendente, genuflexórios gastos, altar estreito, velho tapete violeta, a mãe deitada, os pés excedendo o degrau, e Frei Elídio nu entrando e saindo dela. Yarim se ajoelhou ao lado e ergueu seu rosto.

Nessa hora, a mais quente, a floresta se aquieta, e um corpo pesa dois. Os sábios se calam, o calor entorta até as palavras.

Por que me deixaram de fora? Tão logo a cisma lhe tombou pela boca se arrependeu – as mulheres trancadas no quarto uma semana inteira voltavam a lhe assombrar –, como ainda sobrevivia uma história refutada inúmeras vezes? A mãe e Frei Elídio? Sem chances. Mesmo assim, quando distraído, a boca teimava em botar para fora a carência clandestina do seu coração. Da primeira vez, Yarim mal conseguiu dissimular o riso que saltava: um é difícil – sem pai, pior – com pai imprestável nem te conto. Você ia cuidar da criança? Não foi aborto, para com essa merda, foi o que ouviu dela na vez seguinte, já irritada com a insistência. Desta vez seu rosto não emanava nem chacota nem fúria, o sentimento manifesto era de pena. Carmo nunca alimentou a ilusão de que teria você sempre por perto, por isso te deixou de fora, talvez tenha percebido a hora de romper o cordão, talvez pressentisse que a jornada dela nessa terra seria curta.

A mãe morreu de dum-dum.

Claro, mas em cada morte pode haver porquês além dos que cabem em um prontuário de hospital, tristeza, desencanto, exaustão, impotência, desconsolo, igual ao Frei, nada de golpe certeiro, maneira habitual das vidas terem fim nessas bandas. Se foram porque acabou, Camilo. As pessoas, e isso inclui você e eu, apoiam a vida em certezas, boas ou ruins, se aferram e, quando o jogo muda e notam que sua hora chegou, só lhes resta o horror. Nenhuma boa alma se anima em se demorar no horror. Com exceção da Apegada, claro.

Minha mãe era jovem pra isso.

Por certo, jovem e consternada; desde sempre, ao menos desde que eu a conheço. Você foi embora, e a pouca luz dela, junto.

Eu não sou culpado pela morte da mãe.

Não, isso jamais me ocorreu. Nem acredito que tivessem escolha. Talvez, você tenha pagado tão caro quanto ela, mas não é disto que estamos falando, ou estamos?

Não, não estamos, respondeu ele em voz baixa à mulher que sabia botar porquê nas coisas.

Estava cumprido o propósito da viagem, aquele dado a si para encerrar a vida em São Paulo, para entregar o apartamento alugado no Arouche, vender os móveis na internet e com o pecúlio curto de uma vida espartana abandonar o nada conquistado em busca do nada imprevisível; e se encerrava junto o pretexto que o cemitério profanado havia lhe trazido para se envolver com Arame e a chance de encontrar um sentido que suspeitava perto, mas lhe escapava por entre os dedos. Pendulava o corpo jogando o peso de um lado ao outro, uma vez que os joelhos falhavam prejudicados pela porrada na sarjeta. Com o propósito cumprido e o pretexto encerrado estava definitivamente descolado do mundo. A solidão que o acometera diante da terra escavada no Pequeno encontraria nele lugar. De herança, a mãe lhe deixava o vazio, e ele a deixava pacificada, recebendo agora a visita que nunca recebeu e a floresta no lugar das flores.

Carmo dos Santos, 1958–2005, e abaixo a palavra que a seu juízo, ao atender o telefone – forjada de supetão em um dos vários momentos de naufrágio no sofá –, a definiria melhor, uma única de direito pelo valor: "dedicada" era a palavra sob o nome da mãe. Agora, "quebrantada", "exaurida" ou "consternada" pareciam mais apropriadas, porém foi a que lhe conferiria uma melhor imagem durante a eternidade – não de todo equivocada – a destinada a perdurar na pedra. Ele fez uma prece, onde quer que a mãe se encontrasse teria gostado.

Em pé esfregou os joelhos para retirar a terra grudada. O cachorro deitado perto ergueu o fuço, Ezequiel sentado à sombra girava o chapéu nos dedos, Dita Mansa arregaçara as barras do macacão e refrescava os pés descalços no espelho de jade, Jerônimo não se via. Camilo espiolhou mais algumas lápides. Quem sabe o Juiz? Yarim balançou a cabeça em negação. Nem sabemos o nome dele, e, caso soubéssemos, duvido que seria o tipo de lugar em que esperaria o fim dos tempos. Ele concordou, não era fácil concebê-lo circunscrito a um pedaço da terra.

Jerônimo e Dita Mansa voltaram no banco dianteiro com Ezequiel e o cão. Yarim escolheu retornar com ele na caçamba, cada qual sentado em um canto vendo a estrada andar de costas. Camilo abraçava as pernas, a vista dela abarcava o horizonte. A ventania alcançou-os veloz, atravessando a mata em correnteza, botando o leve a girar. As folhas corriam na estrada antes de serem retomadas pela mata. Para ele parecia bom, bateria o dedo no mapa, pegaria o ônibus e contaria com o tempo para suavizar as rebarbas. Ela queria conversa: nunca fui ao mar, mas há vezes em que o vento atravessa a mata e posso senti-lo, as ondas nos galhos finos que dobram e batem nos troncos; marolas, se as copas oscilam com leveza; ressaca, se a tempestade revolteia o ar, as plantas e o chão juntos. Tormenta e mansidão, Camilo. Todos os dias busco a mansidão, não sei de outro jeito. A floresta engoliu o raio da nuvem preta. Depois o trovão. Camilo se aferrou à lataria. Alto o barulho do vento. Nela, as pupilas ondeavam ociosas, o mesmo flutuar de seus cabelos, o que ela dizia marulhava... vagalhões... calmaria... a imensidade, o desconhecido, as vidas dentro – ele recebia a voz picotada e procurava o resto do mar nos olhos dela.

Acho que estou destinando, ele disse.

Tarde demais. Isto é, talvez, pra você, pelo menos, parece.

O monomotor voava baixo dando a impressão de que ao menor solavanco sua barriga triscaria a copa das árvores, o segundo desde que haviam aportado na currutela.

Ezequiel embicou na garagem, o percurso até o atracadouro teria de ser a pé, os acompanharia. Se seguisse adiante, o 1513 travaria o acesso à currutela que nem rolha. Fez sinal para os cachorros debandarem, a mãe não estava no balde. Mal iniciaram o caminho e foram apanhados pelo chuvão com breu e trovões. Se abrigaram na Das Dores e aproveitaram para apaziguar a fome com bolinhos de pirarucu. A água trombava barulhenta nas telhas de amianto, abafava o som da caixinha no balcão que tocava *eu quero ver, eu quero ver a serpente acordar, pra nunca mais a cidade dormir*. A criança com os pés no barro que rodava roda quando chegaram trazia a preguiça-de-bentinho enganchada no pescoço e esperava uns cobres em troca de os deixar fotografar com o animal. Camilo não tirou os olhos dela, ali cabia uma vida. Do que acreditou que levava de Arame, a fibra da mãe não resistira a um estirão, os saberes de Frei Elídio se mostraram inúteis na prensa da metalúrgica e o afeto de Yarim não se sustentava para além de seu querer, era o dado pelo Juiz que lhe restava testar, a capacidade de enxergar além do visto. A chuva foi rápida. Ezequiel, antes de se despedir desejou saber o que fariam. Não temos ideia. Em Arame você leva fotos, filmagem, cinco testemunhas, documentos registrados em cartório, a arma do crime com o dedo do bandido apartado do corpo grudado no gatilho, e o delegado olha: sabe como é, né, moça, pode até ser, mas é muito difícil saber quem foi, disse Yarim. Mas assegurou que não tomariam atitudes que o comprometessem, o manteriam informado e retornariam para auxiliar na manutenção do novo Pequeno.

Sob o sol reempossado, a lama descia veloz querendo rio. Quatro crianças de camisetas do grupo escolar, mochilas e lancheiras se aproximaram da margem em uma rabeta pilotada por um deles que, com o riso saltado, deixava claro nem haver trocado os dentes de leite. Pararam aguardando outras meninas quase tão jovens de shortinhos e tops de lycra desembarcarem da chalupa que as trazia da margem oposta e cederem o espaço de atracar. Jerônimo indicou que chegassem pelo flanco de baixo e exortou seu grupo a abordar para ceder a posição às crianças. O regresso foi tão sereno quanto a ida – salvo o remelexo do banzeiro na reentrada do Matosinhos –, foram brindados com o arrebol no rio espelho onde as tinturas de cima ondulam embaixo, as silhuetas das árvores se espraiam no leito como origami desdobrado e o casco fende as nuvens; o bando de periquitões-maracanã voava acima das cabeças; abaixo dos pés, sóis rebatidos rasgavam a luz de lava até se sobreporem na bola que afundava no leito índigo do Matosinhos. Penetraram o igarapé no lusco-fusco e pisaram o mesmo folhiço encharcado, agora de única cor. Jerônimo com o indicador diante da boca para que não falassem, bateu no ouvido para que escutassem nos detalhes e apontou os brilhos nas ramas do jambuzeiro. Havia uma caminhonete estacionada no centro da clareira com motor ligado e faróis acesos. O Zelador de braços cruzados espreitava apoiado no capô do carro voltado ao acesso do igarapé, e o escrivão bigodinho vasculhava o entorno com a lanterna. Jerônimo se meteu no arbusto, o rifle apontado para a testa do Zelador. Vocês vão. Ele fica.

As duas tomaram o rumo da caminhonete e conversaram com o Zelador que nem cuidou de descruzar os braços, o bigodinho em momento algum abriu a boca, deixava o graduado conduzir a conversa. A lua subia estreita feito arco sem flecha, e a conversa seguia sem pressa, ninguém pretendendo entregar além do devido. Montaram na caminhonete e deram meia volta. O ar represado irrompeu pelas narinas de Jerônimo, apoiou a coronha do rifle no solo, piscou. Camilo levara ao extremo a concentração para permanecer acocorado e estático durante a tocaia, caiu sentado ao tentar se mover. As duas esperaram os faróis da caminhonete se extinguirem no breu, e o ronco do motor ser engolido pela mata. Não chegaram a sair da clareira, nem eles a pisar nela. Deliberaram cautelosos cientes de que a caminhonete poderia fazer o retorno e reaparecer a qualquer momento. Têm quase certeza de que não partiu, estão com sua mala, a dona da pensão entregou – o Zelador não conseguiu reparar direito no carro que te recolheu, mas suspeita do nosso –, só precisa certificar o chefe de sua partida, disse Yarim, é o braço animoso de Dió o limpinho. Fiz que nem sabia de você, que não recebia notícias suas há milhares de anos, quase verdade. Apesar da história dada, Camilo queria crer que não carecia de se preocuparem, mas ouviu o avesso, seria tolice contar com a sorte, uma vez que a mochila dele ficara no banheiro. Se não confiavam bastava ver dentro, dissera Dita Mansa ao Zelador. Já tinham visto. Filhos duma égua, rebentaram o fecho. Jerônimo sentenciou com o tom de voz sem nuances que desarmava contestações, Camilo dormiria no rancho. Não houve desacordo. Elas regressaram ao casebre, e Camilo acompanhou Jerônimo com as botas imersas na água de modo a dificultar que os seguissem. Se embrenharam no mato no ponto do rio marcado pelo visgueiro ancestral.[25] Raízes emergiam e afundavam no musgo que encapava a terra, as pedras e os paus, criando um túnel brilhante e aveludado. Um curso d'água estreito e sinuoso como uma víbora cruzava a passagem e sumia para ressurgir no sentido contrário, cogumelos cheios de não me toquem se espalhavam na borda da trilha, exibidos, de matar, de adoidar, chulos. A temperatura era mais baixa na beira do rio. Pararam diante de duas rochas negras que um dia foram uma, água minava da fenda e alimentava o curso, formava

25 Visgueiro ou fava de bolota ou angelim-saia. É comum em margens de rio e barrancas, inconfundível mesmo à distância pela copa plana. As flores são bolotas vermelhas flutuantes sustentadas por longas hastes distantes do tronco.

ao bater na trilha um cavado engrandecido por chuvas suficiente para se deitar um corpo. Pisaram dentro e Camilo, auxiliado, escalou as pedras apoiando os pés na lateral e deu com o tal rancho, um caixotão dois por dois apoiado em uma base de pedras e cobertura de folhas de palmeira. Jerônimo mandou que esperasse. A porta do rancho não tinha tranca. A lua-arco jogava uma luz débil em suas costas desenhando um rascunho sombreado do corpo na passagem. Estacou até que o acomodar da vista trouxesse nuance, um amontoado de palha da altura de um baú, o cepo com a vela, fósforos e uma caneca de alumínio; teve que se aproximar do cobertor e tocá-lo para saber do que se tratava, cheirava a mofo; uma vassoura atrás da porta. Apalpou a palha dura, era certo que pela manhã os ossos haveriam de ralhar. Sentou-se no degrau sob o batente da porta inundado de medo e excitação.

Vaga-lumes piscavam ao redor com traseiros radiantes de cabaré.

Jerônimo ressurgiu do nada: trazia pela nadadeira da cauda um matrinxã que saracoteava de fresco. Pescou agora? Quis saber Camilo espantado. Armei o cacuri[26]. De madrugada. Pegou muito. Um basta. Jerônimo exibia os dentes pela primeira vez, enquanto se movia dentro e fora

26 Armadilha passiva para pegar peixes usada pelos indígenas e ribeirinhos da Amazônia. É feita geralmente de taquaras com a estrutura similar a um curral onde os peixes que entram não conseguem sair. Bastante apropriada para as águas rasas dos igarapés.

do rancho catando o necessário. Deitou no solo o punhado de folhas secas tiradas do buraco na base de pedras e montou sobre elas um cone equilibrado de gravetos, por cima um maior de achas de lenha espaçadas. O fósforo nas folhas secas fez a chama despertar e dela emergir a espessa coluna de fumaça. Com a faca decepou o matrinxã, raspou as escamas, abriu o ventre, retirou a barrigada, circundou a nadadeira dorsal com a ponta da lâmina e com um golpe seco empurrou a faca até atingir a cauda, repetiu a arte no sentido contrário, e as espinhas saíram pelas costas. Com o peito esparramado na pedra, Jerônimo, empunhando a caneca de alumínio, colheu água da fenda, molhou uma vareta cor de cobre e varou as duas metades do peixe para assar. O restante da água deu a Camilo apontando a pedra. Serviu o peixe envolto em folha de caápeba[27]. Comiam em silêncio com a constelação do Homem Velho pairando sobre suas cabeças até Jerônimo apoiar o jantar na pedra e escorar a mão no rifle, apoiou-o no ombro e fez mira no emaranhado de cipós. Torcia o quadril, e o cano do rifle passava de um enroscado ao seguinte, corria o cano da arma no vazio, Camilo era incapaz de identificar um mínimo sinal. A dança prosseguiu silenciosa até ele notar o farfalhar sutil das folhas à frente, ao lado, nas costas, agitação causada por um

27 É uma PANC (planta alimentícia não convencional) de origem amazônica, à qual são atribuídas inúmeras propriedades medicinais.

animal portentoso. A mira do rifle flutuava antecipando a movimentação que de farfalhar das folhas se transformava em estalar de galhos. O animal alvoroçado a um metro de Camilo. Atira, atira. As palavras se dispersavam no ar sem que Jerônimo desviasse um milímetro sequer da coreografia, que durou até a folhagem silenciar ao redor. Baixou o rifle e pegou o peixe. A anta procura o filhote, disse. Terminado o peixe, faca na cintura, rifle nas costas, dispôs a lenha ao redor da labareda: secam e queimam. Lenha úmida não pega. Entra no rancho quando apagar. Fecha a porta. Espreme as tranças de buriti embaixo. Dorme. Deixe como encontrou, mesmo que não goste de vassoura. Até amanhã. Camilo espalhou madeira ao redor do fogo seguindo a lição recém-tomada. Tirou as botas e as meias para secar. O maço de cigarros no bolso estava vazio.

As fagulhas volteavam indo morrer onde o acaso mandasse. O Homem Velho deixara seu céu, já pertencia aos olhos de outrem. Piscou, dormitou, escorregou a cabeça e despertou com o resfolegar da mata que extinguira o resquício do fogo; sem ele seria o banquete de piuns, muriçocas e tatuquiras.[28] Soprou diversas vezes o único tição brilhante do meio das cinzas até reavivá-lo. As botas não recouberam nos pés. Empunhando o tição incandescente

28 O inferno de quem dorme na floresta carrega esses nomes. Pium no Norte é borrachudo no Sul; muriçoca é pernilongo; tatuquira (ou mosquito-palha), um mosquitinho sugador de sangue. Do tupi tatu'kïra, que pode vir de buraco de tatu – onde frequentemente se encontram – ou de tatu novo (*Dicionário Houaiss*). Nem tudo são flores.

se abrigou na lateral do rancho como se o observassem, abriu o zíper com uma mão, a outra espalmada na parede de tábuas, e urinou. O chão se movia. Formigas se avolumavam e refluíam feito as marés à mão da lua.

Um respiro em cada uma das quatro paredes, não maiores que um livro, protegidos por uma treliça de gravetos, impediam a visita de insetos, mas como única ventilação tornavam o interior do rancho escaldante. Deitado, o suor empapava as roupas. Tinha os olhos arriados, o corpo comprimia a dureza de babaçu, a maçaroca dura da palha umedecida devolvia a pressão ao corpo alquebrado. A luz da vela era ínfima, os últimos a se desligar seriam os ouvidos que rastreavam ciciares, roncos e esturros. Momento perfeito para uma manada desenfreada de búfalos esmigalhar o rancho igual fosse de papel, do tropel de cavalos selvagens que levaram a pecha de assassinos dos pais de Yarim destroçar o que existisse pela frente; encontrava-se, porém, no coração da mata e nele, estrondosos são os relâmpagos e as árvores que tombam nas noites de tempestade: desenraizadas nas ventanias, roídas por brocas e cupins, aniquiladas por madeireiros. Era hora dos caçadores de alimento e esses são sorrateiros; se há massas em deslocamento, provável serem insetos, formigas não disparam, não se assustam; se um obstáculo se interpõe, contornam, retomam, recuperam, insistem, cortam. Formigas-limão, tucandeiras, lava-pés, saca-saias, tapibas, astecas, cuiabanas.

Esquecera-se de vedar o vão sob a porta. Esprema o buriti, foi a instrução de Jerônimo. As tranças. Fique tranquilo, eu coloquei, disse o Juiz. A vela a custo o iluminava; espectral; coxo. Vestia um manto pesado que descia além da cintura, calças grossas e botas, tinha uma pelúcia enrolada no pescoço e um capuz escondia seu crânio, esfregava as mãos soprando dentro, o avesso do corpo abrasado de Camilo. Colocou a vela no chão, aproximou o cepo e se sentou sobre ele. No que tornou a falar, o fez vizinho – mal se lhe distinguiam as feições, a profundidade do olhar, um fosso, mãos de velho apoiadas no joelho – e a voz deslizou gentil e sussurrante ao pé do ouvido: temos por prato do dia a sua vida, o senhor gostaria de provar?

Yarim falou que estava morto.

De onde ela se encontra, provável, respondeu o Juiz.

Disse também que estou louco.

São muitas as palavras.

Preciso saber, sim ou não?

O quê? Eu vivo ou você louco?

Desconfio que sejam respostas que andem juntas, disse Camilo. O cabelo pegajoso feito melaço colado nas têmporas. O Juiz ergueu o rosto como se a resposta que tivesse a dar se encontrasse escrita na cobertura do rancho: se estar vivo se resume à condição do corpo no momento presente, dirão que estou morto, porém a vida somente é finita se você é incapaz de entendê-la para além de um alfinete fincado no tempo. A transpiração não encontrava refúgio no bafo tropical, e Camilo sentia a pele plastificada. Você diz coisas esquisitas, balbuciou.

Pouco importa, estou aqui, eu sou a resposta. O Juiz estava ali, e isso era bom, bom não se sentir só.

Andou me chamando, na igreja, na feira.

Achei que era você quem estava atrás de mim.

Eu? Não. Estou encaminhado, é você quem me parece tomado por dúvidas. O Juiz tinha a voz aquietada feito o vento que abdicara de soprar e pachorrenta como a preguiça grampeada no galho da cajazeira.

Vivo afogado nelas.

Fique à vontade, faço melhor ouvir que falar.

Nem a Yarim fui capaz de dizer.

Houve oportunidade, e o que disse a ela mesmo? Espere, deixe-me ver: é complicado, fiz besteira, me enrolei. Foi isso, não?

Estava escutando?

Sempre.

O que queria que eu dissesse?

A verdade.

Qual delas?

Só há uma: o céu é azul, as matas são verdes, os rios variam com o que carregam.

Então deveria ter lhe dito que falhei. Que malgastei uma oportunidade escassa. Que o que outros sofrem lutando, sofro por covardia, pois sucumbir foi uma opção que tive e outros não. Que desde o enterro da mãe, minha vida se resume a cinco movimentos: encaixar a chapa no gabarito, apertar o botão luminoso que baixa a gaiola de segurança, pressionar o pedal que aciona a prensa, retirar a chapa após aguardar a gaiola subir automaticamente e depositar na esteira, calçando luvas, mangas longas de lona pras faíscas não chamuscarem os braços, encapacetado feito um motoentregador, num calor do caralho, do nascer ao se pôr. Cachaça no trajeto de volta e o resto diante da televisão lambendo a mesma ferida. É isto?

Suponho que sim.

Ela toca o mundo e é tocada por ele, eu não passo de um espectador, engrenagem gasta, arruela sobressalente.

Devo ter pena?

Foi no ônibus, sabe? Três dias pra vir, três pra voltar e nem vi o corpo da mãe. O coração batia veloz.

Lembro.

Roubaram o túmulo.

Isto é sério.

Que caminho é este que me foi dado?

Há o que lhe cabe e o que não, do que lhe cabe carecia de se esforçar um tantinho.

Não consegui, deixei muita coisa passar, muitos desacertos, parece que sou feito deles, desde pequeno, desde aqui, eu tinha que voltar.

Você contou que desejava ver sua mãe.

Mais fácil, mas não pense que não sei que há algo além.

Algo além é algo vago, cabe qualquer coisa aí, é preciso melhorar.

Não sei dizer, não se passa na cabeça.

O Juiz aproximou a vela do canto entrevado do rancho onde se via um punhado de carapaças ocas grudadas; subiu a chama até iluminar a teia onde uma das cigarras, ao arriscar o primeiro voo se prendeu, e agora servia de alimento para uma aranha que não chegava a um terço de seu tamanho. Um inseto se remexe na teia, ele disse, o universo sendo essa teia escorada em outra teia feita de linhas entrelaçadas em linhas com delicadeza, maleável, sem extremidades como a cobra que engole o próprio rabo, tudo isso em expansão por não caber em si. Se um novo inseto agitar a teia, a vibração será experimentada com intensidade por um próximo e com sutileza por outros mais afastados até se tornar tão imperceptível quanto o derradeiro anel da pedra lançada no lago pelo sonhador, mas imperceptível não é o mesmo que inexistente, há algo além, sim. Esqueça o inseto, quem se importa com eles, fulmine-o e pense no búfalo que pasta nos alagadiços do Marajó; pense em você neste emaranhado infinito, este momento, um alfinete fincado em sua vida, esta conversa, uma mancha na cabeça do alfinete, um ponto em outro da trama elástica que engole o próprio rabo; agora imagine esta conversa te provocando – e a mim – e agitando o tecido: assombroso, não? Ao modo da própria realidade. Vamos além, aguenta? Cada palavra desta conversa, um ponto; cada respiração, um ponto dentro, e a minha respiração e todas, e a cadência das patas de cada formiga na terra, as asas velozes das libélulas, o véu de gotículas na garganta da cachoeira, a seiva que vaza das tabocas na minguante, toda a seiva, a mata inteira, pessoas, plantas, rios, pedras, a anta ao redor do rancho, o Homem Velho e o que gravita ao seu redor, o vento – querença em tudo aquilo que corre, voa, rasteja ou repousa –, somos parte das tramas da tessitura infinita. Não existe nós e eles, só existe nós. Fazia calor no rancho, Camilo suava. O corpo do Juiz oscilava contra a chama da vela: os destemidos vão dizer que estes pontos nem existem como imaginamos e apenas podem ser percebidos quando os tiramos de sua errância para olhar de perto... deixa para lá, onde eu estava mesmo? Camilo girava vagaroso o corpo ardente na palha: não existe nós e eles. O Juiz bafejou entre as mãos novamente jogando calor dentro: isso, em São Paulo, talvez não seja fácil perceber, tantos anéis se entrecruzando, enxurrada de ruídos, barreiras hostis para confortar o medo de maneira que se torna impraticável determinar quem afeta o quê, e o que afeta quem, mas você não nasceu em São Paulo, em um vaso, nasceu no chão, foi cortado; uma parte se foi, uma ficou, sua conexão é com Arame, precisa escutar a floresta, acontece com um reverbera em todos, no tecido, te influencia e é influenciado por você. Está em busca do que te pertence e ao qual pertence, é o motivo de estar aqui, há algo que tem que fazer. Camilo ardia, as calças empapadas de suor pesavam as pernas, a camiseta vertia água feito trapo saído do tanque: fazer o quê? Só sinto raiva, desagrado.

Só sente o quê?

Repulsa, rancor, fúria. De tudo, de mim, de Deus e do Diabo, deles, daqueles.

Desculpe a insistência, Camilo, é que ainda me restam dúvidas quanto ao seu engajamento com a realidade, mas como tenho a impressão de que vem evoluindo, vamos ao ponto: precisa arrancar o que te emperra, sangrar a moléstia, matar na raiz. É isso. O ritmo da fala acelerava, o tom de voz subia. Mostrar do que você é feito, humilhar os canalhas, a corja, fazer um gesto que ribombe tal e qual um manifesto. Você bradou meu nome aos ventos, pensei que estivesse disposto a parar de sentir pena de si mesmo, assumir a responsabilidade pela barafunda que se transformou a sua vida. A realidade para variar. Quase cinquenta. Não é o molecote a quem eu contava histórias enquanto podava roseiras. Não vim passar mão na cabeça, se é o que anseia, recolho-me. Não ando com tempo de sobra, mas saiba, é sua última chance, o que dirá a pedra com teu nome?

Quem se importa?

Eu me importo. Sinos não repicam em campanários inacabados, Camilo. Confia em mim. Lama. Nós vamos esfregar lama na cara deles, daqueles, canalhas, escrotos, vamos esfregar merda. Eu começo, você termina. As bochechas pelavam. Ardia febril. O pescoço melado junto ao peito, os olhos arriados, o corpo comprimindo a palha dura de babaçu, a maçaroca dura de palha umedecida comprimindo o corpo alquebrado. O Juiz arregaçou o punho do casacão, passou o braço diante do rosto, um azul baço iluminava os olhos cavados.

Já lutou com jacaré, Camilo? Já comeu jiboia?

***

Despertou de forma repentina com o martelar dos cascos do cavalo. Dormia na rede de Entreáguas, mesmo não tendo bebido, persistia o esquecimento do traslado noturno. Tinha fome, muita fome. Não tá no rancho, sumiu, ouviu Jerônimo dizer. Aguardava em pé junto a Yarim e Dita Mansa em frente ao casebre chamados pelo galope que se fazia ouvir da boca da estrada. Camilo percebeu o estarrecimento em suas faces ao notarem seu corpo imundo de lama e tinta se erguer da rede, carregavam o pasmo de quem viu boto sair do rio andando. O cavalo bufava, e Bruno, com o chapéu de boiadeiro que mal lhe vestia, se acercou pendendo para um único lado do cavalo, um único pé nos estribos, apeando antes do bicho frear. Diferente da véspera, quando o sol cravara cedo em Entreáguas, uma névoa espessa estacionara na copa das castanheiras. Os três curiosos flutuavam de Bruno a ele sedentos de explicação.

Tudo bem com Galilea, Bruno? Perguntou Yarim.

Com a Bisavó, tudo bem. É aqui que vai estrilar o rabo da cascavel.

Não olhem pra mim, sei tanto quanto vocês. Camilo anteviu a brotação de sua desgraça.

Deu ruim no cemitério. Bruno tomara por certo quase hora cavalgando desde o centro, o suficiente para montar na cabeça o roteiro do alerta. Falava ao tempo em que atava o cabresto da montaria a um toco. Lembram que dia é hoje? Dos Mortos. Todos sabiam bem o que a data significava em Arame. Dia sagrado de visitar os partidos, quando a comunidade subia cedo a ladeira até o campo-santo com cravos nas mãos para orar e pescar relembranças entre as velas. Dita Mansa sacudiu as palmas voltadas ao céu. Sei, Bruno, e daí? Daí que ontem à noite deu diz-que-diz no centro. Era o primeiro Dia dos Mortos após o apagamento do Pequeno e os poucos remanescentes que tinham parentes enterrados lá se mostravam injuriados, acertaram de prestar visita mesmo sem ter cruz pra botar fé, que não era pra dar aos mortos pagar as contas dos vivos. Deixariam as flores e acenderiam as velas ao pé do muro fechado, cada qual agarrado no braço do outro em corrente. Dita Mansa retorcia as mãos como se quisesse arrancar-lhe o caldo. Camilo gesticulava pedindo paciência, sabia ser ele o noivo da desconfiança, mas tomava por certo que essa bruma se dissiparia se deixassem o garoto falar. Reconhecia nos olhos de Bruno as incertezas que sabia em si e que, se desembestava, era para puxar a história de modo a não travar a boca que entornava os pensamentos. Galilea nem se importava de ir, era a Apegada quem teimava de ver o menino morto, e ele acabava indo acompanhar a bisavó. Era dureza, ainda mais com a Apegada que pesava feito farelo encharcado. Seis pernas de gente, quatro de andador, uma de bengala para chegar depois do mundo inteiro. As línguas estavam queimando, prosseguiu. Não por conta dos ofendidos que tinham ido rezar ao pé do muro, não. Um matuto tinha chegado antes, a molecagem feita era da grossa, quem viu gostou dentro e quietou. O ruim é que vai acabar mal. Yarim açodava: Desembucha, Bruno. Ele parou de falar e fechou os olhos, meteu ar no peito como quem vai varar pancadão de cachoeira. Tinham rabiscado os túmulos do Grande, salvo o do Frei, o Humilde Servo do Criador. No dos Pinheiro, embaixo do nome do Doutor Jorge Paulo, onde dizia: "Devotado Pai de Família", riscaram e botaram: "*safado*" e em Dona Audália, "Esposa Pia e Zelosa" virou a "*vadia da ladeira*", e junto do sobrenome, no topo: "*par de cornos, moralistas*". Nos Cunha: "*lambe-botas*"; nos Aires: "*queimando no inferno*", e no do magistrado Barros, embaixo de "Paladino da Justiça", o escrevedor escrevera: "*na medida do bolso*". Tinha um punhado de gente de riso acautelado até o prefeito aparecer. Aí o silêncio baixou de vez. No da família dele estava escrito: Família Marques de

Moura: "*fodendo o povo e se fazendo de mortos*". Contou que Dió ficou encarnado, parecia que ia destampar e soltar fogo. Gritava, gritava e chamou Germano pelo celular. Nem deu pras beatas rodarem as contas do terço, e a caminhonete subia na ladeira arrancando as roseiras que Frei Elídio tinha plantado beirando a via até o portão. O quente ferveu. Nem podiam imaginar o que haviam feito na tumba dos Bezerra, as roupas do sujeito de espingarda haviam sido pintadas de rosa com bolinhas e estava escrito: "*canalhas, escrotos, merdas*". O homem deu seis tiros no céu. Dizia que ia meter bala. Matar o desgramado. O povo correndo. E o negócio vai estrilar aqui? Yarim detonava a espera, e Bruno contou o mesmo que cochichara no ouvido de Galilea com medo de que a Apegada escutasse: que eram três no Marconi de madrugada mais o fedelho, dos três um era o Maninho, que tinha o pai enterrado no Pequeno, ele quem sabia. Ia segredando aos chegados que no alvorecer o Uno cor de gema rodava no centro feito foguete. E Galilea não perdeu tempo, mandou que Bruno rumasse para a Saquatirama na maciez, selasse o Volante que era o que tinha as pernas mais ligeiras e viesse dar o alarme em Entreáguas para sumirem no mato. Germano e os homens dele tinham ido tirar seu Davi do repouso, iam fazer com que ele abrisse o armazém para ver nas câmeras quem andava vadiando no centro. A madrugada foi serena, só vai dar o Uno cor de gema e o maluco desse amigo de vocês na direção, disse observando o lívido Camilo de soslaio. Dita Mansa tinha se aproximado do Uno cor de gema, espiava pela janela os tubos de tinta spray deixados por ela no banco traseiro abertos e espalhados no tapete de borracha do piso do passageiro. Botou a mão no capô do motor: Tá quente, filho dum corno. Vou rebentar esse danado.

Yarim – mais desolada que enfurecida – teve que segurar Dita Mansa que avançava para cima de Camilo com o cabo de enxada, pronta para lhe esmagar os miolos. Arrastou Dita Mansa que se esgoelava e revolteava para dentro do casebre. Reapareceram calçadas de botas e vestindo roupas que as cobriam dos calcanhares aos punhos; carregavam sacolas volumosas, uma cada. Dita Mansa empunhava a espingarda 12. Jerônimo descera o acesso para trazer a ubá perto. Ninguém dirigiu a palavra a Camilo.

Bruno montou no Volante. Vou na trilha de cima e atravessar o Finados em Cajazeiras, vai certo mais de légua de andança, mas não quero risco de cruzar com eles. Vocês se perdem aí, e eu lá. Bem sumido que a zanga tá brava.

Jerônimo havia retornado, e os quatro, seguidos da Russa, rumaram para o igarapé. Dita Mansa, à frente. Larga esse miserável. Camilo ia meio puxado, meio empurrado e atônito. Yarim o agarrava pelo cotovelo e botava a se mexer.

As duas se sentaram no meio e cada um deles em uma extremidade, uma sacolona diante de cada no piso para não desequilibrar. A Russa deitada entre ele e Yarim. Jerônimo manejava a zinga, e ele auxiliava no remo riscando a superfície limosa. Dita Mansa e Jerônimo concentrados nos obstáculos, e Yarim com o rosto tapado em jeito de prece. Jerônimo manteve uma perna firme na proa e a oposta apoiada em noventa graus, encaixou a zinga de ponta a ponta na lateral da canoa dando a Camilo a oportunidade de estimar pela marca da água impressa na madeira a profundidade na saída do igarapé, altura do pescoço. O cano da 12 batia no coquinho de seu tornozelo como se para lembrá-lo de sua presença. Jerônimo pediu o remo que estava em sua mão. Camilo retirou o remo da água e abriu um largo sorriso. Puxou o cano do rifle, apertou-o forte com as duas mãos junto ao remo e quando viu já estava na água com os dois erguidos sobre a cabeça. Está louco, gritou Yarim. Camilo empurrou a ubá para o meio do leito do Matosinhos, lugar de maior profundidade, inviabilizando o uso da zinga. Volta aqui, Camilo. Deu as costas. Imbecil.

O volume dos latidos da Russa baixava com a canoa ganhando velocidade na correnteza que se encarregaria de levar os três até a barra quilômetros abaixo.

Antes de se posicionar no ponto de onde observaram a clareira na véspera, examinou a arma. Nunca a segurara, nem essa nem nenhuma. Duas bocas paralelas e um gatilho de cada, bastava apertar o primeiro, correr o dedo e apertar de novo, pá, pá, mortos. A alavanca acima dos canos os fez dobrar à frente igual nos filmes. Extraiu com as unhas duas balas gorduchas e purpúreas feito dedões inflamados – portavam nome e sobrenome: Germano Bezerra e Diógenes Marques de Moura Neto – o destino se anunciava através dos canos vazios como em uma luneta. Recolocou as balas e procurou a trava, haveria de existir. Testou o botão redondo colado ao gatilho que não se movia, a alavanca de correr. Pronto. Uma mão experimentava o aconchego da madeira, a outra, o frio do aço; monstruoso, hora de esfregar as botas sujas nos inimigos tombados. Apontar e meter o dedo. Os mandaria ao quinto dos infernos. Aproximou-se lento girando o mantra na mente, lisura de maracajá, sabença de peixe-boi, bote de pico-de-jaca. E repetia. Duas caminhonetes, a velha em frente ao casebre e a luzidia de cromos obstruindo a boca da estrada. As portas estavam abertas, e não se via ninguém através delas. Dois homens despejavam galões de gasolina no casebre e na mata ao redor. Afastados, Germano com o revólver em punho, Dió trajado à moda de cerimônia portando o seu na cintura pelas costas e, colado a ele, o Zelador esfarrapado de colete camuflado de combate vasculhava as plantas e empunhava a escopeta com ambas as mãos. Camilo tinha duas balas, dois nomes e o resto era fortuna. Se contornasse o casebre pela pinguela, os apanharia de costas sem chance de reação. O cartucho de número um pertencia a Germano que levava a arma na mão – garantiria assim mais um morador ao luxuoso e pouco habitado mausoléu do Grande –; se jogaria no chão para se esquivar do revide inevitável do Zelador – o braço animoso de Dió limpinho – e o de número dois selaria o domínio dos Marques de Moura, cujo último remanescente carregava a sua no coldre e dava pinta de que hesitaria em sujar as mãos e o figurino. Mirou Germano, mas o tiro foi na cabeça do Zelador que se abriu igual melancia. Nem havia disparado. Os macacos gritaram, as aves bateram asas. Camilo começou a tremer e o dedo lúbrico de suor no gatilho causou um rombo na lateral da caminhonete luminosa; o coice da 12 deslocando o ombro. Um terceiro tiro atingiu Germano que rodopiou na perna tombando pesado de costas feito tora de jatobá, a alça do revólver enganchada no dedo, a bala alojada no peito, o sangue engolindo a estampa da camiseta na forma de uma bocarra; o terror no rosto, os olhos impelidos a saltar das órbitas gravados no momento em que foi alvejado. Os tiros haviam sido disparados pelas suas costas, e Camilo se virou a tempo de perceber alguém se esvair nos arbustos. Dió também ficara paralisado, mas agora avultava soltando a presilha de fixar a arma no coldre. Camilo apontou os canos e meteu o dedo. A última bala arregaçou a barriga de Dió que mordeu a terra colado ao ex-sócio – a feição desse não viraria assombro, pois caiu emborcado, mas Camilo levaria nítido o grito gêmeo ao lamento de um porco no abatedouro. Da primeira à última queda, segundos duraram a eternidade. Sentiu desejo de invadir a praça de guerra, decepar os malditos e retornar ao centro cavalgando com os troféus de olhos esbugalhados pendurados pelos cabelos colados de sangue, mas a providência partiu-o ao meio, choviam balas, os dois empenhados em tocar fogo no casebre chegavam atirando, e Camilo se viu forçado a se embrenhar na mata e correr arrancando a vegetação, porém antes gritou: Levem a notícia, digam ao povo que Bezerra e Marques de Moura estão mortos. Os cartuchos espocavam feito noite de São João.

Rolou o barranco para se estatelar pegado ao igarapé. As mãos arderam raladas, a espingarda de Frei Elídio encontrou seu fim no lodo. Não era hora de pausas. Sabia o que fazer. As brechas na mata eram parelhas, exceto pela lembrança do visgueiro, e água não guarda pegadas; mas o molhado nem lhe gelara as partes e a perna começou a falhar, quentura na coxa, vermelho escuro no bolso da calça. Mancava. Penetrou a trilha agarrado a cipós e galhos, os puxando rente ao corpo, seria imprudente parar sem ter se distanciado da beira d'água. O pé mal erguido tropicava nas lianas e as mãos escorregavam. Tantas caiu, tantas levantou. Calafrios. Não doía, a ponta da língua no vão do dente; ranço de bicho molhado nas narinas. Teve que se arrastar na superfície das rochas negras dispondo inclusive da força dos dedos. Diante do rancho, retirou as calças, a bala havia varado o interno da coxa, e o sangue escorria por ambos os buracos, o de trás com a borda para dentro e o da frente com a carne queimada, na espessura de um rabo de sagui. Sem opção melhor, fez de uma das pernas imundas das calças uma bandagem enrolando--a ao redor da coxa e estancando os dois vazamentos. O ferimento latejava e, com a adrenalina na descendente, a dor irrompeu com violência. Dois passos bastaram com a bengala de pedaço de pau para perceber que seria incapaz de desfazer o percurso sem ajuda, as forças partiam com o sangue, em breve apagaria, melhor seria se deitar na cama de palhas e esperar o resgate. Certificou-se de que o pedaço de pau seria suficiente para empurrar a porta e pressionar as tranças sob ela caso o socorro tardasse e a noite viesse, não conseguiria acender a fogueira, mas até lá, era melhor a porta aberta, restava muito dia, não ficaria privado de ar e luz sem necessidade.

O despertar veio acompanhado do escuro e de um animal farejador de fraquezas. A possibilidade de morrer, que até então não lhe havia ocorrido, uma vez instalada, ao contrário do temido, trouxe conforto. O que o assombrava, enfim, não era o final e sim o percurso. O desalento partiria com o corpo. Seria desnecessário fechar a porta, se o ciclo inevitável pedia que se reintegrasse ao do que fora apartado, parecia mais honroso se servir fresco a uma onça ao invés de maturado a um tatu-peba[29].

29 Tatus dessa espécie comem, dentre outras coisas, carniça. Seu nome popular é papa-defuntos. Tanto a onça pintada, quanto a parda são vulneráveis de acordo com o *Livro Vermelho* do ICMBIO 2018.

A selva aflorava emoldurada no batente da porta. E na inquietação das folhas nos galhos torcidos pelo vento estava o mar.

Foi de ônibus ao mar – assim ia aos lugares, nunca soube dirigir –, antes de se decidir a partir para Arame, antes da solidão, da bebida, de acordar no sofá com a roupa do dia anterior e os pratos sujos no assoalho, de entregar a alma às telas e aos algoritmos, do trabalho de merda na metalúrgica; antes da queda. No tempo do Bom Retiro e dos coreanos, judeus, gregos, dos bolivianos nas ruas ou privados delas amontoados em oficinas clandestinas expostas em blitzes esporádicas para serem esquecidos no bloco seguinte dos telejornais, não os bolivianos da travessia de Jerônimo, outros Jerônimos. No tempo do bilhete amarelinho picotado: São Paulo – Iguape – Cananeia. Sábado às treze, calçada oposta à estação Tiradentes, foi a pé na saída do trabalho. Cinco horas, só. O ônibus sob a placa e os pedriscos na sola dos sapatos, o pôr do sol, o hotel colonial na praça de Iguape escolhido na internet, mais colorido no monitor que na vida de lençóis puídos e janelas que assobiavam ao vento – e isso viu depois da lua, pois nem foi direto ao hotel. Correu com medo de que com o sol se fosse o sonho de ver o mar, e tocou a areia à frente da noite, banhou os pés na água gelada ondulante nas canelas, nas barras das calças e se largou na areia, o corpo inteiro menos a cabeça, na mochila. A lua trouxe um grupo: descalços, os corpos se movendo espiralados feito as fagulhas no vento, carregavam esteiras, isopor, violão; como ele, molharam os pés e deixaram que as ondas respingassem nas calças antes de acenderem a fogueira e se espalharem ao redor. Tomaram cerveja no bico e fumaram Marlboros e baseados, riram e cantaram, dançaram e se amaram. Deviam ter a idade de Camilo, e ele assistia de longe. Entregaram-se nus ao mar sem se importar com ele, e ele esperou que partissem para fazer o mesmo antes de se dirigir ao casarão. Ondas no peito, e o mar envolveu sua cabeça até o chumbo cobrir o céu. E na inquietação das folhas nos galhos torcidos pelo vento, o mar se fez raivoso, não o de Iguape, a floresta oceânica de Yarim, onde o rancho era uma ilha no arquipélago de Arame, do mesmo modo que Entreáguas e o novo Pequeno. A chuva chegou veloz pregando gotas na cobertura do rancho, e Camilo fez a porta fechar na ponta do pedaço de pau. Sem forças para as tranças de buriti, a fresta ficou livre para o vento uivar através dela. Rufava a tempestade. A porta do rancho se abriu parecendo acertada por um aríete, tinha uma pessoa e o mar de Yarim ardia detrás lambido do fogo botado no encharcado de gasolina em Entreáguas, nos casebres, terreiros e casas de rezas incendiadas, no calor das balas que partiam dos canos das pistolas e escopetas, nas queimadas, nas fogueiras em lenha úmida ou na areia da praia, no acerto de contas dos pecadores, nas velas dos esperançosos. Ardeu e sumiu. E a escuridão. O que entrou coxeava. Camilo captava o escurecer da sombra que oscilava fora de sintonia, pressentia os passos sem peso nem som. As estrelas insistiriam em cair do céu, e ele não ficaria inerte, não ficaria; não mais. O que entrou se sentou próximo e afagou sua pele com mãos geladas. Camilo esboçou um sorriso ralo e tossiu, uma pelota escura que lhe inundou a boca e o queixo.

Fizemos um furdúncio danado, não?

A sombra do que entrara se alargou em asas de harpia e o envolveu. A floresta o abraçava, a tempestade que batia no teto escorria em seu rosto rebrotada nos cantos dos olhos, a palha de babaçu era a pele que pesava, a ausência de luz roubava das pálpebras a serventia e o respirar da mata, o ar dos pulmões, a peçonha de mil insetos paralisou seus músculos, o canto melancólico do urutau, seu coração.

www.laranjaoriginal.com.br

Edição Filipe Moreau
Projeto gráfico e capa Marcelo Girard
Leitura crítica Carla Piazzi
Revisão Fernanda Rodrigues
Produção executiva Bruna Lima
Diagramação IMG3

Créditos das imagens Capa: Detalhe com filtros sobre foto de A. J. Cavenaghi, Casa de Chico Mendes_Quintal, Wikimedia Commons; p. 12: Ping an Chang 吉貝木棉_Ceiba_pentandra_20211016172200_04; p. 56: Jean-Louis Heckly - Creative Commons Attribution-Share Alike 4.0 Fromager_près_de_l'université_de_Yaoundé_en_novembre_1973; p. 80: px_cemiterio_4653166_1280

Dados Internacionais de Catalogação na Publicação (CIP)
(Câmara Brasileira do Livro, SP, Brasil)

Soriano, Marcelo
Entreáguas / Marcelo Soriano. – 1. ed. –
São Paulo : Editora Laranja Original, 2023.

ISBN 978-65-86042-72-6

1. Ficção brasileira I. Título. II. Série.

23-156898 CDD-B869.3

Índices para catálogo sistemático:
1. Ficção : Literatura brasileira B869.3
Aline Graziele Benitez - Bibliotecária - CRB-1/3129

Laranja Original Editora e Produtora Eireli
Rua Capote Valente, 1198
05409-003 São Paulo SP
Tel. 11 3062-3040
contato@laranjaoriginal.com.br

Fonte Garamond
Papel Pólen 90 g/m²
Impressão Psi7 / Book 7
Tiragem 250 exemplares